傅民 著

在沉思的边缘

团结出版社

© 团结出版社，2025 年

图书在版编目（CIP）数据

在沉思的边缘 / 傅民著 . -- 北京：团结出版社，
2025.5.
　ISBN 978-7-5234-1443-9

Ⅰ . I267

中国国家版本馆 CIP 数据核字第 2024KB5512 号

责任编辑：王宇婷
封面设计：谭　浩

出　　版：	团结出版社
	（北京市东城区东皇城根南街 84 号　邮编：100006）
电　　话：	（010）65228880　65244790（出版社）
	（010）65238766　85113874　65133603（发行部）
	（010）65133603（邮购）
网　　址：	http://www.tjpress.com
电子邮箱：	zb65244790@vip.163.com
经　　销：	全国新华书店
印　　装：	三河市东方印刷有限公司

开　　本：	145mm×210mm　32 开		
印　　张：	7.25	字　　数：	136 千字
版　　次：	2025 年 5 月　第 1 版	印　　次：	2025 年 5 月　第 1 次印刷

书　　号：978-7-5234-1443-9
定　　价：48.00 元
　　　　（版权所属，盗版必究）

良知与敬畏

(代序)

释家倡言去除"色、受、行、想、识"之"五蕴",以保持清净纯真。"五蕴"既除,则易"无挂碍","无挂碍"则"无恐惧",即"心无所住",而后"生其心",这个"心"就是大自在之"心"。老子讲"吾所以有大患,以吾有身也,若吾无身,吾有何患"。过分顾及自身欲念,你自然会生出患得患失的无尽忧思;及至能做到"无我""忘我",你还有什么可担忧的呢?

一

人们常讲:无欲则刚。"五蕴"即属"欲",这东西若是多了,何以成"刚"?《论语》里,有段孔子与他人的对话,孔子说:"吾未见刚者。"或对曰:"申枨。"子曰:"枨也欲,焉得刚?"《道德经》讲："五色令人目盲，五音令人耳聋，五味令人口爽，驰骋畋猎令人心发狂，难得之货令人行妨。""五色""五音""五味"以及"难得之货"统统会令人欲念腾升，甚至行为不轨。所以圣人要"去彼取此"，"为腹不为目"，只过好满足基本需求的简单生活就好，所谓"知足不辱、知止不殆"。在物欲泛滥、欲求之心难遏的当下，这学说是有积极意义的。比如，汤因比在其巨著《人类与大地母亲》一书中，对老子学说就颇为推崇。中华书局曾出版过一套"中华思想经典"丛书，其中有一册南朝人僧祐编撰的《弘明集》，何以"弘明"？他在该书序言解释道："夫道以人弘，教以文明，弘道明教，故谓之《弘明集》。"该书对"儒释道"三家相贯之处释疑，并指出三家相比之处甚多，千年前之人尚有如此深入思考，令人慨叹。

《论语》记述，子曰："君子无所争，必也射乎！揖让而升，下而饮，其争也君子。"这是讲，君子之间没有什么争锋的，如果一定说有，那应该就是射箭比赛吧，先要相互揖让升堂比赛，赛后下来饮酒，这种争锋就是君子之争。现在还有这样的君子之风吗？奥运赛场上或许有，但其他场合呢？这实在是一个缺乏倾听精神的社会，人人争着表达，谁也说服不了谁，嘈杂哓哓之声不绝于耳。孔子曰："中人以上，可以语上也；中人以下，不可语上也。"讲得好，但施行难，因为谁能管住自己那张急于表达的嘴和那颗浮躁争强的心呢?

当下之人,爱讲"春秋五霸""战国七雄",又是"雄"、又是"霸"的,多拉风、多过瘾、多豪横、多光鲜、多有成就感。至于那些饱受战乱、兵燹之苦的百姓,谁还顾得上考虑。杜甫的"自经丧乱少睡眠,长夜沾湿何由彻",一定会被那些战争粉们认为是无病呻吟。《荀子·仲尼篇》说:"仲尼之门人,五尺之竖子言羞称乎五伯。"孔子的门徒中,就算是只有五尺高的小童,都会将谈论五霸当作羞耻。孟子耻于谈"霸道",老子说:"强梁者不得其死。"为什么呢?因为"人主不务得道而广有其势,是其所以危也"。现在有些人的名利逐取几近丧心病狂,什么"富与贵,是人之所欲也,不以其道得之不处也;贫与贱,是人之所恶也,不以其道得之不去也",什么"慢下脚步,等一等你的灵魂"等日渐式微。哪儿还能顾及"从前慢"呢,哪儿还有"优雅"呢?搞钱逐利谋名、流量最大化成了这些人的头等大事!

土地、能源、资源成了一些觊觎分一杯羹的人的心心之念,伸手作乱,弄了个自毁前程,注定为人耻笑!牟宗三先生在其《道德的理想主义》一书中说:"道德的心,浅显言之,就是一种'道德感'。经典地言之,就是一种生动活泼怵惕恻隐的仁心。生动活泼,是言其生命之不滞,随时随处感通而沛然莫之能御……在不滞之心之感通中,常是好善恶恶,为善去恶,有所不忍,迁善改过。"孟子说:"人皆有不忍人之心。"又接着说:"今人乍见孺子将入于井，皆有怵惕恻隐之心，非所以内交于孺子之父母也，非所以要誉于乡党朋友也，非恶其声而然也。由是观之，无恻隐之心，非人也；无羞恶之心，非人也；无辞让之心，非人也；无是非之心，非人也。"这就是非"阴谋"之想的"无虑之知"的心学良知，将这样的良知扩充至最大，就是世界光明的"致良知"。当今之世，没有恻隐、羞恶、辞让、是非之心的人少吗？缺乏基本良知判断的人少吗？

二

《孟子·尽心章》讲："舜之居深山之中，与木石居，与鹿豕游，其所以异于深山之野人者几希。及其闻一善言，见一善行，若决江河，沛然莫之能御也。"我想，任何一个良知尚存的人都有过"闻一善言，见一善行，若决江河，沛然莫之能御"的感受吧！牟宗三先生将此称为"此是言'觉悟'的一段最恳切的话"。若能将此"沛然莫之能御"的自我"觉悟"持守至生活的大多时、大多处，世界或许就会明亮、和谐、简单很多。

陆象山说："万物森然于方寸之中，满心而发，充塞宇宙，无非此理。孟子就四端上指示人，岂是人心只有这四端而已？又乍见孺子入井皆有怵惕恻隐之心一端指示人，又得此心昭然。"罗素讲："对爱情的渴望，对知识的追求，对人类苦难不可遏制的同情心,这三种纯洁又无比强烈的激情支配着我的一生。""麻木"是最大的"不仁",面对孺子入井、弱小受辱、强权霸蛮、文明蒙耻,我们还会有"不可遏制的同情心"吗?康德说:"除善良意志外,世界上甚或世界外有资格叫作善的东西是不可想象的。""事实上,我们发现优雅的理性越是处心积虑地致力于享受生活和幸福,人也就越不能得到真正的满足。""我们的生存有一种不同的、更高尚得多的目的,理性是为了它而不是为了幸福的,因而必须把这种目的看作最高条件,人的个人目的必须为此尽量搁置。"在其《实践理性批判》一书结语中有这样一段广为人知、可作为其哲学重要注脚,并刻于其墓室中的话:"有两种伟大的事物,我们越是经常、越是执着地思考它们,我们心中就越是充满永远新鲜、有增无已的赞叹和敬畏——我们头上的灿烂星空,我们心中的道德法则!"

《荀子》中有段记述鲁哀公询于孔子的话,鲁哀公问孔子曰:"寡人生于深宫之中,长于妇人之手,寡人未尝知哀也,未尝知忧也,未尝知劳也,未尝知惧也,未尝知危也。"

孔子回答,您走进宗庙的大门向右,从东边的台阶登堂,抬头看见椽子屋梁,低头看见灵位,那些器物还在,但那祖先已经没了,您从这些方面来想想悲哀,那么悲哀之情哪会不到来呢?您黎明就起来梳头戴帽,天亮时就上朝听政,如果一件事情处理不当，就会成为祸乱的发端，您从这些方面来想想忧愁，那么忧愁之情哪会不到来呢？你天亮时上朝处理政事，太阳偏西时退朝，而各国逃亡而来的诸侯的子孙一定有等在您那朝堂的远处来侍奉您的，您从这些方面来想想劳苦，那么劳苦的感觉哪会不到来呢？您走出鲁国国都的四方城门去望望鲁国的四郊，那些亡国的废墟中一定有几处茅屋，您从这些方面来想想恐惧，那么恐惧之情哪会不到来呢？而且我听说过这样的话：君主，好比船；百姓，好比水。水能载船，水能翻船。您从这个方面来想想危险，那么危险感哪会不到来呢？

　　孔子此语非独醒鲁哀公，更是在唤醒众生之敬畏！

　　是为序！

目 录

回望苍茫

浩然之气，千年传承　　　　　　002

苌弘化碧映词心　　　　　　　　011

震来虩虩，何以致福　　　　　　020

有意义与有意思　　　　　　　　027

文明与开放　　　　　　　　　　033

文明的未来　　　　　　　　　　045

有用与无用

——关于中国文化过往的一些思索　058

在优秀历史文化记取中涵养气概　068

嵇康之死，孝及其他　　　　　　076

为儒家正名一二　　　　　　084

知止与进取　　　　　　　　095

湛一，气之本　　　　　　　099

核心价值观是民族筋脉强健的基石　103

从心出发　　　　　　　　　110

传播中华之"礼"　佑护文化传承　120

那时芬芳

忏悔与反省　　　　　　　　132

雪落北国　　　　　　　　　139

大风吹　　　　　　　　　　144

暴戾与淡定　　　　　　　　151

回家吃饭及其他　　　　　　156

惊雷乍响　春回大地　　　　163

亲情记忆　　　　　　　　　167

那些老树　　　　　　　　　173

谁是贵族　　　　　　　　　177

秋天的气息　　　　　　　　180

天视自我民视　　　　　　　183

闲话说话　　　　　　　　　190

心安处即是家　　　　　　　193

或为刍荛　亦必自珍

——秦简揭示的一个基层小吏世界　199

报社工作记忆二三事　　　　205

人文精神

——故乡记忆的识别密码　　213

后记　　　　　　　　　**219**

回望苍茫

浩然之气，千年传承

前几日，央视戏曲频道播放京剧《穆桂英挂帅》，虽是多次观看这一经典剧目，但演到校场比武，杨金花箭射铜钱落地、杨文广刀劈王伦时，还是被这对姐弟的刚正英武所吸引，年轻人就该有这种血气担当。穆桂英眼见奸佞当道，早已心灰意冷，但禁不住佘太君保境安民的大义激励劝说，最终回忆起大破天门阵的壮举，唱出"我不挂帅谁挂帅，我不领兵谁领兵"的舍我其谁的豪情，毅然担下了这份家国责任。

一

在尚无今天这样多样性文化展现形式和发达技术传播手段的过去，中国戏曲是离百姓生活最近的精神思想传递途径之一。舞台上演绎的悲欢离合、爱恨情仇，不断建立和巩固着普通人对善良、正义、公理及其对立面的朴素认识，并成为他们日用不觉的日常生活遵循。比如"包公戏"的代表作品《铡美案》，其中有一折叫"韩琪杀庙"，是说韩琪受陈世美委派，欲杀死在残庙避身的秦香莲母子，但韩琪听闻秦香莲的痛诉后，内心备受煎熬。杀死秦氏母子，实在于心不忍；不杀又有愧于陈驸马的使命。韩琪最终选择了自尽了事，将人之良知扩展到了舍生取义的高度，令观者震撼。

梁启超于20世纪初创作了《中国之武士道》，这是对中国传统文化精神的另一角度挖掘，于当时那个弃旧启新的时代，激发国民振奋向上的精神意义重大。该文除"自序"外，还附有"蒋序""杨序"。在"蒋序"中提道："今人常有言曰'义明其精神，不可不野蛮其体魄'。自秦汉以来，世风渐趋文弱。簪缨之族、占毕之士，或至终身袖手雍容，无一出力之时。以此遗传，成为天性，非特其体骨柔也，其志气亦脆薄而不武，委靡而不刚。今日为异族所凭陵，遂至无抵抗之力，不能自振起，而处于劣败之列。考其最大之原因，未始不由于此。因此，尚武之声，日不绝于忧时者之口。"春秋时期，民气昂扬、诸子竞言，精神激荡。但自秦汉以来，世风却逐渐孱弱，即使仕宦、知识阶层，也贪图物质雍容，国家有难，无人出力，精神状态普遍为志气脆薄而不武，委靡而不刚，甚至在外强凌辱时，也无抵抗之力，终致屡屡落败。"杨序"中说："人之所以异于禽兽者，不独在其体魄之异，尤在其精神之异。禽兽之知觉，亦能觅食以避饥，择居以避寒，白谋其体魄之生活，但其精神所及，不过如此。虽亦有爱护其群之德，然不能发达此精神，使之布于当时而传于后世，此其所以不如人类也。若夫人类，专以体魄而论，据生物学者之言，人猿同祖，其一身之构造，与他动物的差异，其实微乎其微。惟其精神可以位天地而育万物，此其所以为高等动物也。"接着又以"杨朱之学"（此学说在当时甚嚣尘上，大有为当世之人奉为圭臬之势）为例，予以批驳："若如杨朱之学，专以其高尚纯洁之精神，用之于鲜衣厚食、声色犬马之地，以自适其体魄，图生前下等之乐，而不能任重致远，以谋人群之福利，则与禽兽直无以异，安见其为人类乎？故人类与禽兽之界，不以体魄之构造分之，而以精神之作用分。可一言以判之，精神战胜体魄者为人类，体魄战胜精神者为禽兽而已矣。"

梁启超还分析了民气精神萎靡不振的原因。"专制政体务在使天下皆弱，惟一人独强，然后其志乃得逞。故曰一人为刚，万夫为柔，此必至之符也。作俑者为秦始皇。始皇既一统天下，锄群强而独揽之。"其所为，目的不外乎"群天下血气之士于辇毂下，使其心志佚于淫冶，其体魄脆于奢靡"。"贾生记之曰：'隳名城，杀豪杰；收天下之兵，聚诸咸阳，销锋镝，铸以为金人十二，以弱天下之民。'民气之摧残，自兹时矣。"梁氏撰写此文，意在通过挖掘传统中的勇武精神、剔除专制余威、振奋大变革时代的民族志气，故未写入秦始皇及其帮衬们对文化的摧残。民意岂可违，民气岂能熄。他接着写道："幸其凶焰不久即被击溃，而前此遗风余烈，且尚未沫。故楚汉之间前踬弥劲，张良等万乘于褐夫，田横死绝岛而不悔，贯高糜肤以白主，窦婴掷侯以拯友，犹先民之遗志也。"张良、田横、贯高、窦婴皆为血性勇武、重信守诺之节烈之士，也被梁启超录入七十余位武士之列。

二

梁氏于两千余年皇权专制政体即将崩塌之际，写作此书的目的意义十分显著，无需多言。他将孔子列为节烈之士之首，应是出乎一般人对孔子的印象。他的史学论据，综合了《史记》与《左传》的记述。鲁定公十年，孔子陪同定公与齐侯于夹谷会面。面对齐国以大欺小、以强凌弱的种种无礼举动，孔子据理力争，说："齐师出竟（境）而不以甲车三百乘从我者，有如此盟？"又说："而不反我汶阳之田，吾以共命者亦如之！"于是齐人乃归所侵鲁之郓、汶阳、龟阴之田。

梁氏的"颁奖词"评述道："天下之大勇，孰有过我孔子乎？身处大敌之冲，事起仓卒之顷，而能底定于指顾之间，非大勇孰能与于斯？其盟辞之力争国权，不肯让步，后世蔺相如相赵折秦，完璧归赵，为赵国争得尊严、权益，也是取效于孔子之大勇。"《庄子·秋水篇》引孔子言："临大难而不惧者，圣人之勇也。"《孟子》引孔子言："志士不忘在沟壑，勇士不忘丧其元。"梁启超认为，"说文训儒为需弱，其去孔子之真，不亦远乎？"

世人总认为儒者孱弱，这与先秦原儒、孔子倡导的儒者之勇的真义，距离不是相差太远了吗？所以"今叙次武士道一依年代，惟首例孔子者，示一国以向往云尔"。

梁启超开列了能够入围《中国之武士道》的条件："夷考当时武士信仰之条件，可得十数端。一曰常以国家名誉为重，有损于国家名誉者，刻不能忍；二曰国际交涉有损于国家权利者，以死生争之，不畏强御；三曰苟杀其身而有益于国家者，必趋死无吝无畏；四曰己身之名誉或为他人所侵损轻蔑，则刻不能忍，然不肯为短见之自裁，不肯为怀怨之报复，务死于国事以恢复武士之誉……""要而论之，则国家重于生命，朋友重于生命，职守重于生命，然诺重于生命，恩仇重于生命，名誉重于生命，道义重于生命，是即我先民脑识中最高尚纯粹之理想，而当时社会上普通之习性也。"如果这些所谓高尚纯粹之理想，已为当时社会普通习性，那么今天的我们是不是应有所反思呢？

三

有个成语叫"鉏麑触槐"，是讲春秋时期，晋灵公残暴无道。他经常从高台上用弹弓射行人，看行人惊恐躲避的样子，觉得很快乐；厨师因为没有把熊掌煮烂，晋灵公一怒之下竟把厨师杀死了，为了掩人耳目，还命宫女们将厨师的尸体放在筐里抬出宫去。赵盾屡次劝谏晋灵公,晋灵公不听,反而想除掉这个眼中钉。

经过一番谋划之后,晋灵公派大力士鉏麑去刺杀赵盾(晋灵公不君,赵宣子骤谏,公患之,使鉏麑贼之)。鉏麑来到赵盾的家,却发现他是一个正直君子,感叹说:"这样忠君爱民的人,真是百姓的靠山。杀害百姓的靠山,这是不忠;违背国君的命令,这是失信。占了这两条中的任何一条都是罪过,我还不如去死!"(不忘恭敬,民之主也。贼民之主,不忠;弃君之命,不信。有一于此,不如死也)于是,他撞死在赵盾庭院的槐树上。

鉏麑也入围梁氏《中国之武士道》榜单,《铡美案》作者是否也知鉏麑其人,并据此创作了韩琪呢?时代不同,戏如人生,精神的传递始终如一。

故事还没有结束,其后赵穿杀死了荒唐的晋灵公,太史董狐记录此事说"赵盾弑其君"。以示于朝。宣子(赵盾之谥号)曰:"不然。"对曰:"子为正卿,亡不越竟,反不讨贼,非子而谁?"意思是:"你身为正卿,出逃时还没越出国境,听闻此事,竟不讨伐弑君之人,这责任不是你负还是谁?"宣子曰:"乌呼!'我之怀矣,自诒伊戚',其我之谓矣!"赵盾也只能愧叹道:"由于我内心的怀念,才落得个此恶名。"《左传·宣公二年》有记载,孔子曰:"董狐,古之良史也,书法不隐。赵宣子,古之良大夫也，为法受恶。惜也，越竟乃免。"董狐是个恪尽职守的史官，记录国之法则，不加隐讳；赵盾也是很好的官员，遵守国之法则，承受了恶名。可惜呀，假如越出国境，就不会担此骂名了。

秉笔直书、"不虚美、不隐恶"是古代史官的职业操守。春秋时期，齐庄公与大臣崔杼之妻私通，后来崔杼设计除掉了齐庄公，自封为相国，飞扬跋扈、专断朝政。但他对弑君之罪十分惶恐，特别是担心被史官记录在史册上，留下千古骂名。太史伯记录此事，写道："崔杼弑其君。"崔杼见后大怒，将太史伯杀死。太史伯的二弟太史仲接着如实记录，又被崔杼杀死。三弟太史叔也如实记录，被崔杼碎尸万段。接着，太史季补缺，依旧按实际情况记录，崔杼看后叹息一声，让太史季退下。齐国的另一个史官南史氏听说太史兄弟皆被杀害，抱着竹简急匆匆赶来，要前赴后继，接替太史兄弟将崔杼的罪状记载史册，见太史季已经据实记载，才返回去。这些史官恪尽职守，以命相搏，令人动容。梁启超在《中国之武士道》中评价说："忠于职守，能尽义务，不畏强权，不枉所掌，这就是大勇。齐太史兄弟及南史氏当之无愧！他们不仅是史家的模范，更是全社会应当效仿的楷模。"

1278 年，文天祥被元军俘获，囚禁于土室之中。他在狱中写下了《正气歌》，前序内容如下："余囚北庭，坐一土室。室广八尺，深可四寻。单扉低小，白间短窄，污下而幽暗。当此夏日，诸气萃然：雨潦四集，浮动床几，时则为水气；涂泥半朝，蒸沤历澜，时则为土气；乍晴暴热，风道四塞，时则为日气；檐阴薪爨，助长炎虐，时则为火气；仓腐寄顿，陈陈逼人，时则为米气；骈肩杂遝，腥臊污垢，时则为人气；或圊溷、或毁尸、或腐鼠，恶气杂出，时则为秽气。叠是数气，当之者鲜不为厉。而予以孱弱，俯仰其间，于兹二年矣，幸而无恙，是殆有养致然尔。然亦安知所养何哉？孟子曰：'吾善养吾浩然之气。'彼气有七，吾气有一，以一敌七，吾何患焉！况浩然者，乃天地之正气也，作《正气歌》一首。"身处困顿艰苦，面对水气、土气、日气、火气、米气、人气、秽气的七气侵袭，文天祥以一气敌七气，展现了英勇的大无畏精神。这一气，就是孟子所说的"直塞天地的浩然正气"。"天地有正气，杂然赋流形。下则为河岳，上则为日星。于人曰浩然，沛乎塞苍冥。""时穷节乃见，一一垂丹青。在齐太史简，在晋董狐笔。在秦张良椎，在汉苏武节。"从诗中可以窥见，尽管历经千年，齐太史简、晋董狐笔的事迹，对文天祥的浩然精神形成，依然有很人的影响！

鲁迅先生在《中国人失掉自信力了吗》一文中说："我们自古以来，就有埋头苦干的人，有拼命硬干的人，有为民请命的人，有舍身求法的人……虽是等于为帝王将相作家谱的所谓'正史'，也往往掩不住他们的光耀,这就是中国的脊梁。"

习近平总书记在 2023 年新年贺词中说:"每当辞旧迎新,总会念及中华民族千年传承的浩然之气,倍增前行信心。"的确,在强国建设和民族复兴的关键时期,我们需要催生向上生长的振奋精神,以浩然之气,迈开走向光明的步伐。

苌弘化碧映词心

随着年龄的增长，记忆能力逐渐呈下降趋势。就比如前些年读的一阕词作，仅仅手抄就有数遍，但真要写下来，仍需重新翻检查找。这首无名氏写的《鹊桥仙·岳云》曾予我萎靡心境时以激振："湛湛长空，乱云飞度，吹尽繁红无数。正当年，紫金空铸，万里黄沙无觅处。沉江望极，狂涛乍起，惊飞一滩鸥鹭。鲜衣怒马少年时，哪堪金贼南渡。"网上有人讲，此词是现代人所作，其中"乱云飞度，吹尽繁红无数"一句应该化用自秦观的《点绛唇·醉漾轻舟》中"山无数，乱红如雨，不记来时路"。而"万里黄沙无觅处"，又使人想到杜甫《登高》"渚清沙白鸟飞回"和宋代司马槱诗作中的"望断行云无觅处，梦回明月生南浦"。后面"惊飞一滩鸥鹭"，应是源自李清照的逸句"争渡，争渡，惊起一滩鸥鹭"。

不能不说，有才人真多，草野民间藏大智慧，所谓"下下人有上上智，上上人有没意智"（惠能语），学习了。

文以载道，诗以言志，无论这阕词作出于何人之手，都应称作词中上品。它将鲜衣怒马少年岳云的万丈豪情抒发至阔然超迈，让人顿生凛然之气。

一

如今传统文化复兴，尽管良莠不齐、妍媸混杂，但只要恻隐不灭、斯文犹存，民族就自然留有向阳而生的萌种，一朝条件具足，自会遍野生色。这样的例证无论是世界史还是中国史皆有鉴往。几年前，笔者见一物业门卫拿着一册大开本的《老庄》在小区里走，停步问："是你看吗？"门卫小哥答："是呀！"我不禁为自己看人眼低的自以为是汗颜。有句世人广知的话叫"凡有井水处，皆能歌柳词"，是说风流才子柳永的婉约词章被很多人吟诵。《避暑录话》记载："柳永为举子时，多游狭邪，善为歌辞。教坊乐工每得新腔，必求永为辞，始行于世，于是声传一时。余仕丹徒，尝见一西夏归朝官云，'凡有井水处，即能歌柳词'。"

陈寅恪在其《元白诗笺证稿》中引用《白氏长庆集》卷二十八《与元九书》中的话："及再来长安，又闻有军使高霞寓者，欲聘娼妓。妓大夸曰，我诵得白学士长恨歌，岂同他妓哉！由是增价。""风月女子"诵得《长恨歌》也可"增价"，虽值逗笑，但亦可看出当时诗词歌赋的普及和影响力。陈寅恪评价《长恨歌》讲："此无怪乎历千岁之久至于今日，仍熟诵于赤县神州及鸡林海外

'王公妾妇牛童马走之口'也。"从这些记述看，好的诗词在唐宋时期该有多么"圈粉"，多么为人喜爱，遍及"王公妾妇牛童马走之口"。

元代蒋捷有词令传世："少年听雨歌楼上，红烛昏罗帐。壮年听雨客舟中，江阔云低断雁叫西风。而今听雨僧庐下，鬓已星星也。悲欢离合总无情，一任阶前点滴到天明。"短短三个句落，写尽了人的一生心境，或许有些凄清，但我更多感觉到了经历人生起落后的安静，静得让人不忍打扰。孔子讲"君子有三戒"："少之时，血气未定，戒之在色；及其壮也，血气方刚，戒之在斗；及其老也，血气既衰，戒之在得。"认真体会，二者表达不同，也有些契合之处，或者说，蒋捷是对孔子这人生三阶段给予了更加艺术化的延展表达。

有一年与女儿在街上走，一辆车驰过，车身写有"的卢快送"字样，我蓦地心中一震，对女儿说："看，他们一定喜欢辛弃疾的词。"我并吟诵道："马作的卢飞快，弓如霹雳弦惊。"这是辛弃疾的《破阵子·为陈同甫赋壮词以寄之》："醉里挑灯看剑，梦回吹角连营。八百里分麾下炙，五十弦翻塞外声，沙场秋点兵。马作的卢飞快，弓如霹雳弦惊。了却君王天下事，赢得生前身后名。可怜白发生。"辛弃疾被誉为"词中之龙"，与苏轼并称为"苏辛"。年轻时，我深为辛词折服，诵读时激奋之感顿生。如果说苏轼是天纵英才，诗词中多有"竹杖芒鞋轻胜马，谁怕？一蓑烟雨任平生"文人式的逍遥不羁和《赤壁怀古》的旷达豪放，那么辛词里多为燕赵侠士般的阔远苍茫和铁血男儿"气吞万里如虎"的浓郁不屈情怀。辛弃疾出生于山东历城，其幼时，北方已沦陷于金人，祖父辛赞曾供职于金朝，但内心一直以之为耻，并怀有复宋之梦想。辛弃疾一生致力于抗金、恢复前朝之事，既与此初始际遇有关，也可说是"国恨家仇"。但与历史上大多数骨鲠之士命运相类，辛弃疾为官抗金之途屡遭阻滞，几起几落，一腔热血沸止交替，"将军百战身名裂。向河梁、回头万里，故人长绝。易水萧萧西风冷，满座衣冠似雪。正壮士、悲歌未彻"，频发"恨之极，恨极销磨不得。苌弘事、人道后来，其血三年化为碧""夜半狂歌悲风起，听铮铮、阵马檐间铁。南共北，正分裂""凭谁问：廉颇老矣，尚能饭否""可怜白发生"之悲愤慨叹。辛弃疾临终时仍大呼："杀贼！杀贼！"其情感天动地，颟顸僵化的南宋朝廷终于被感动，追赠其"光禄大夫""少师"，谥号"忠敏"，可这一切对于壮志难酬的忠烈之士又有什么用。

二

朱熹在泉州时曾说："此地古称佛国，满街都是圣人。"此话应起自禅宗"即不开悟，佛是众生；一念开悟，众生是佛"的偈语。有人讲：儒释道是中华传统文化的重要内涵。禅宗是佛教中国化的产物,它为中华传统士人积极践行儒家入世有为理想的同时,提供了另一处心灵休憩、精神"避难"范域。其自起于南梁、兴于唐六祖以来,广播利根,影响深刻。苏东坡即爱参禅、结交禅师(其很多词作中都可感受到禅意),有一件广为人知的事情,他与好友、禅师佛印对话,他问佛印:"大师,你看我的样子如何?"佛印答:"在我眼中,居士如我佛如来金身。"佛印问苏:"你看我的样子如何?"苏看佛印胖胖的身子,起了打趣逗笑的念头,说:"以吾观之,大师乃牛屎一堆。"佛印听后,置之一笑。苏东坡回家后,得意地将此笑话告诉苏小妹,苏小妹说:"哥哥,你输了,心中有佛,看什么都是佛;心中一堆牛屎,看什么都是牛屎呀。"

辛弃疾传世六百多首词作不示禅意,更多的是直面人生、直面现世、直面困苦,并无所退缩。政治、家国、朋友、恋人、民俗诸情、日常生活、读书感受皆入其词,题材之广泛、涉猎之充盈,世无匹敌。深受辛弃疾影响的同朝词人刘克庄在其《辛稼轩集序》中说:"公所作,大声鞺鞳(鼓声),小声铿鍧(洪亮),横绝六合,扫空万古,自有苍生以来所无。其秾纤绵密者,亦不在小晏、秦郎之下。"这是客观公允的评价。

辛弃疾人生情感充沛,重信守义,待人真挚。他与陈亮(《宋史》称其"生而目有光芒,为人才气超迈,喜谈兵,议论风生,下笔数千言立就")"三观"相和、惺惺相惜,为一生挚友。1188

年冬,陈亮从东阳来看望他,二人相聚十天,共游鹅湖,同气畅叙,相谈甚欢。他在《贺新郎·把酒长亭说》词序中记叙道:陈同甫自东阳来看望我,"留十日,与之同游鹅湖",他走的第二天,"余意中殊恋恋","复欲追路"。"至鹭鹚林,则雪泥路滑,不得前矣。独饮方村,怅然久之,颇恨挽留之不遂也。夜半投宿吴氏泉湖四望楼,闻邻笛悲甚。""把酒长亭说。看渊明,风流酷似,卧龙诸葛。何处飞来林间鹊,蹙踏松梢残雪。要破帽多添华发。剩水残山无态度,被疏梅料理成风月。两三雁,也萧瑟。佳人重约还轻别。怅清江,天寒不渡,水深冰合。路断车轮生四角,此地行人销骨。问谁使,君来愁绝?铸就而今相思错。料当初,费尽人间铁。长夜笛,莫吹裂。"1194年,陈同甫驾鹤西去,闻此噩耗,辛弃疾痛彻心扉,在《祭陈同甫文》中说:"闽(当时辛弃疾又被朝廷起用,于福建短暂任职)浙相望,音问未绝,子胡一病,遽与我诀!呜呼同甫,而止是耶?而今而后,欲与同甫憩鹅湖之清阴,酌瓢泉而共饮,长歌相答,极论世事,可复得耶?千里寓辞,知悲之无益,不涕不能已。呜呼同甫,尚或临监之否!"其情真意切,至今读来,仍令人长泣难掩。

三

凡灵魂丰润、康健、蓬勃者,皆不会无视生命、自然之美。

辛词许多描述乡村风光和农人生活的作品，朴素清丽、生机盎然。"陌上柔桑破嫩芽，东邻蚕种已生些。平冈细草鸣黄犊，斜日寒林点暮鸦。山远近，路横斜，青旗沽酒有人家。城中桃李愁风雨，春在溪头荠菜花。"蚕种、桑芽、黄牛、暮鸦、卖酒人家、荠菜花，多么美好安详的农家景象。"我见青山多妩媚，青山见我应如是"，这当属"秾纤绵密者"吧。

1181年，辛弃疾受排挤、被罢官，闲居江西上饶带湖，一场大雨过后，天始转晴，目睹湖光山色、自然美景，他心情大好，写就了这首《丑奴儿近·博山道中效李易安体》："千峰云起，骤雨一霎儿价。更远树斜阳，风景怎生图画。青旗卖酒，山那畔、别有人家，只消山水光中，无事过这一夏。午醉醒时，松窗竹户，万千潇洒。野鸟飞来，又是一般闲暇。却怪白鸥，觑着人、欲下未下。旧盟都在，新来莫是，别有说话。"

"茅檐低小，溪上青青草。醉里吴音相媚好，白发谁家翁媪。大儿锄豆溪东，中儿正织鸡笼。最喜小儿亡赖，溪头卧剥莲蓬。"这是笔者非常喜欢的一首词，吴越呢哝软语，微醺后更是若清音醉耳，一对老夫妻在聊着家常闲话，三个儿子亦各具形态，大儿锄豆、二儿织笼，都在勤快劳作，小儿子悠闲地卧躺溪边剥食莲蓬。三两笔白描，一幅情趣盎然的农家生活图景跃然生辉，让人过目难忘。

辛弃疾被罢官闲居江西上饶的十多年间，创作了大量优美的田园农家词作。一次夏夜,他独行黄沙岭乡间小道,深为周边的田园静谧感染,创作了《西江月·夜行黄沙道中》:"明月别枝惊鹊,清风半夜鸣蝉。稻花香里说丰年,听取蛙声一片。七八个星天外,两三点雨山前。旧时茅店社林边,路转溪桥忽见。"别枝惊鹊、夜半鸣蝉、蛙声一片、林边茅店,稻香丰年,久居城市如吾者,哪里还能觅得这样的平和自然之境,或许只能是在内心"植篱种菊"了。读此词,会想起20世纪80年代,笔者上大学时,大学后门处有一条叫"纬四路"的马路,每逢夏夜,同学会结伴于此说笑闲逛,路边即稻田,蛙鸣声此起彼伏。多年后再来,早已不见从前模样,快速的城市发展,已将稻田化为高楼厂房。好在,回忆还在。

1203年,已六十四岁的辛弃疾又被重新起用,先后任绍兴、镇江知府等职。在任镇江知府时,他登临北固亭,凭高望远,抚今追昔,创作了传唱千古的《永遇乐·京口北固亭怀古》。"千古江山,英雄无觅孙仲谋处。舞榭歌台,风流总被雨打风吹去。斜阳草树,寻常巷陌,人道寄奴曾住。想当年,金戈铁马,气吞万里如虎。元嘉草草,封狼居胥,赢得仓皇北顾。四十三年,望中犹记,烽火扬州路,可堪回首,佛狸祠下,一片神鸦社鼓。凭谁问:廉颇老矣,尚能饭否?"致仕隐于田家,出仕立于天地,无论是田园静谧还是朝堂倾轧,尽管有慨叹,但什么样的境遇、什么样的年龄都不能埋没铁血男儿的初心担承。"居天下之广居,立天下之正位，行天下之大道。得志，与民由之；不得志，独行其道。富贵不能淫，贫贱不能移，威武不能屈"，这是孟子心中的大丈夫标准。如果有这样的人，辛弃疾当列前位。

和实生物，同则不继。文化需要多样性，比如儒释道、音乐诗歌及其他种种，这是因为命运起伏，心灵需要不同的安置方法。辛弃疾用他六十八年波起云涌的人生历程、六百余首饱含真性情的词作向我们诠释了生命的无尽张力和多样性，堪为立人生"正位"、行人生"大道"的楷模。

辛弃疾与小他三岁的挚友陈同甫天国相聚，把酒言欢，必定会说起那年冬日的鹅湖相会吧？ 定会！

2021 年

在沉思的边缘

震来虩虩，何以致福

前两年参加一个读书会，被要求讲几分钟优秀传统文化。时间短，不知讲什么、怎么讲。想起参会当日凌晨，雷声大作，就随口讲了几句《易经》"震卦"的内容："震，亨。震来虩虩，笑言哑哑。惊为百里，不丧匕鬯。"《彖》辞曰："震亨，震来虩虩，恐致福也。笑言哑哑，后有则也。震惊百里，惊远而惧迩也。"识读过些许《周易》的人都知道"元亨利贞"四个字，皆为吉祥好词。如元朝取名"元"，就源于《周易》中的"大哉乾元"之语。"震，亨。震来虩虩，笑言哑哑"，震怎么会"亨"呢？《彖》辞又说："震亨，震来虩虩，恐致福也。""虩虩"是恐惧意，震来虩虩，恐致福也。恐惧还会带来福运吗？这哪儿跟哪儿呀。

一

宋人杨万里在其《诚斋易传》中对"震"卦有如下解释："震所以亨者，何也？动而惧，则亨也。惧非惶扰失守之谓也，惧而敬也。惟惧故敬，惟敬故无惧。无惧者，非不惧也。惧始乎来，终乎散也。当天下之大事震动而来也，吾虩虩然必为之恐惧而顾虑焉，必求其所以应之，使大事为无事焉，斯可转祸为福，移惧为喜而'笑言哑哑'矣。"杨万里讲得很明白、很全面。雷声"惊远而惧迩（近，自身）"，让人心生反省敬惧，现在讲叫有"敬畏"之心。有敬畏之心自然为人做事会更加审慎，不逾规矩，不触红线，就会少犯或不犯错误，这难道不是有"福"的事儿吗？也就是杨万里讲的"当天下之大事震动而来也，吾虩虩然必为之恐惧而顾虑焉，必求其所以应之，使大事为无事焉，斯可转祸为福"的道理。中华先贤们正是从自然万物的变化中，不断觅得"反求诸己"、修养自身之正道正觉。这也可说是"中华文化的智慧"吧。其实《周易》里讲到保持敬畏、警惕之心的话还有不少，如"乾卦—九三"中讲："君子终日乾乾，夕惕若厉，无咎。"君子终日勤奋不止，时刻保持警惕，即使有危险，也不会遭受灾祸。成语"朝乾夕惕"正出于此处。

唐朝贤臣魏徵在其《群书治要序》中说："是以历观前圣，抚运膺期，莫不惊乎御朽，自强不息，朝乾夕惕，义在兹乎！"中华文化优秀典籍《贞观政要》记述了唐太宗李世民与群臣议政的对话，今天读来，仍使人心生敬畏、警醒不已。如魏徵上疏李世民讲："凡百元首，承天景命，莫不殷忧而道著，功成而德衰。能善始者实繁，能克终者盖寡。盖取之易守之难乎？"许多国君，秉承上天的使命开创基业时，没有哪一个不是深切忧虑，谨慎行事而且德行显著的，一旦大功告成，德行就开始衰减。能善始者很多，能坚持到最后的很少。这难道就是说取天下容易，守天下难的道理吗？"不念居安思危，戒奢以俭，德不处其厚，情不胜其欲，斯亦伐根以求木茂，塞源而欲流长矣。"又讲："怨不在大，可畏惟人；载舟覆舟，所宜深甚；奔车朽索，其可忽乎！"怨恨不在大小，可怕的是背离人心；水能载舟亦能覆舟，所以要高度谨慎小心；用腐朽的绳索去套驾奔驰的车子，这种危险难道可以忽视吗？宋朝理学大师朱熹在《戊申封事》中说："政使功成治定，无一事之可为，尚当朝兢夕惕，居安虑危，而不可以少怠。"春秋时管仲为齐国振兴立下不二功勋，帮助齐桓公于葵丘会盟，成为春秋第一个霸主。齐桓公尊称管仲为仲父，诚意斋戒十日宴请管仲。谁知管子喝了几杯后，不辞而别。齐桓公怒火中烧，识趣的鲍叔牙赶紧追回管仲。齐桓公说："我为请你喝酒，斋戒十日，以表诚意，你却如此待我。"管子对答道："沉于乐者沦于忧，厚于味者薄于行，慢于朝者缓于政，害于国家者，危于社稷。"人沉湎安乐就必然会陷入忧患，喜欢饮酒吃肉德行势必淡薄，怠慢朝政的人一定荒废，有害于国家的人就会危及社稷。孔子讲："士志于道，而耻恶衣恶食者，未足与议也。"直道而行、直言谏诤，中华文明数千年血脉相传、筋骨不衰、道统不坠，正是与这些始终葆有悲悯苍生之赤子情怀、舍生取义之侠肝义胆、自强不息之任重进取的弘毅之士密切相关，他们的精神影响深远。

1949年3月，中国共产党"进京赶考"前夕，毛泽东在中国共产党七届二中全会上指出："务必使同志们继续地保持谦虚、谨慎、不骄、不躁的作风，务必使同志们继续地保持艰苦奋斗的作风。"习近平总书记在党的二十大报告中强调："全党同志务必不忘初心、牢记使命，务必谦虚谨慎、艰苦奋斗，务必敢于斗争、善于斗争……"从"两个务必"到"三个务必"，彰显了执政者镜鉴历史兴衰，始终葆有初心不改之警醒的高度自觉。

二

习近平总书记多次以"如临深渊、如履薄冰"来告诫执掌公权者要始终心存敬畏，制策施政、运用公权要慎之又慎。"如临深渊、如履薄冰"出自《诗经·小雅》"小旻"篇，《毛诗序》说："《小旻》，大夫刺幽王也。"朱熹《诗集传》说："大夫以王惑于邪谋，不能断以从善，而作此诗。"意思是周幽王被邪僻奸佞之人迷惑，不能做到从善如流，所以有个现在不知道名字的大夫写了此诗讥讽周幽王。诗中批评讽刺周幽王"旻天疾威，敷于下土。谋犹回遹，何日斯沮。谋臧不从，不臧覆用。我视谋犹，亦孔之邛"。大意为：上天肆虐逞威风，人间遍撒灾难种。歪门邪道坏政策，何日结束何时休？好的谋略你不听，不良之策反采用，我看如今这政策，误国害民弊端多。全诗很长，均为对周幽王治世之政的批驳，诗中最后对治政者告诫道："不敢暴虎，不敢冯河。人知其一，莫知其他。战战兢兢，如临深渊，如履薄冰。"这也是形容有勇无谋、一味逞强之成语"暴虎冯河"的出处。《诗经》"小宛"篇里也有同样的告诫劝勉之语："温温恭人，如集于木。惴惴小心，如临于谷。战战兢兢，如履薄冰。"温厚谦恭之人，立于高处向下看，如临深谷，所以要格外谨慎小心，就如行走于薄冰之上，始终要战战兢兢、心存戒惧，千万不要麻痹大意。

孔子有三千弟子，七十二贤人（优秀学生）。孔子曰："受业身通者七十有七人，皆异能（精通六艺）之士也。"《史记·孔子世家》载："自孔子卒后，七十子之徒散游诸侯，大者为师傅卿相，小者友教士大夫，或隐而不见。"众多弟子中，孔子最欣赏、喜欢的弟子是颜回、子路，他称赞颜回："一箪食，一瓢饮，在陋巷，人不堪其忧，回也不改其乐。贤哉回也！"不因物质条件恶劣就升腾妄念，始终恪守信义之道，这是孔子喜欢颜回的重要原因。但是对子路的感情，孔子显然就复杂许多。孔子既喜欢子路的血气方刚，又担心这样的性格容易招灾惹祸。《论语》里有这样的对话，子路问："闻斯行诸？"子曰："有父兄在，如之何其闻斯行之？"冉有问："闻斯行诸？"子曰："闻斯行之。"公西华不理解，何以同样的问题，老师的回答不一样呢？孔子解释道："求也退，故进之；由也兼人，故退之。"冉有性格软弱些，所以要让他进取；子路性格刚强勇猛，有时过于鲁莽，所以要让他慎重些。在回答子路提出的"子行三军，则谁与"的问题时，孔子回答说："暴虎冯河，死而无悔者，吾不与也。必也临事而惧，好谋而成者也。"子路的提问显然充满自信，认为带兵打仗非其莫属，但孔子却认为，赤手空拳与老虎搏斗，不假舟船渡河，虽有无悔之勇者，但自己不会与他共事。与自己共事的人，必然是"临事而惧"，审慎小心，善用谋略而完成任务的人。孔子认为子路虽有"暴虎冯河"之过人勇气，但缺乏"临事而惧"的谨慎谋略，故不能相与成事。胆大还得心细才行呀，有个词叫"剑胆琴心"，也约等此意吧。

殊异于其他文化形态，中华传统文化中，"家国同构"是重要内容之一。治国、平天下的前提是"修身"，自身修养具足，才能谈其他。所以《大学》里有"自天子以至于庶人，壹是皆以修身为本"。朱熹讲，《大学》构筑了儒家传统的"三纲领""八条目"。二纲领是"明明德、亲民（也有观点认为是'新民'）、止于至善"，八条目是"格物、致知、诚意、正心、修身、齐家、治国、平天下"。《大学》中在讲到诚意时说："所谓诚其意者，勿自欺也。如恶恶臭，如好好色，此之谓自谦（慊）也。"如何做到诚意，就是不要自己欺骗自己，就如同厌恶恶臭之味，喜欢美丽的东西，都是自然而生的感受，不要自我欺骗才能自我心绪平衡满足。接着又讲："故君子必慎其独！小人闲居为不善，无所不至，见君子而后厌然，掩其不善，而著其善。"有德之君子独处时必须保持谨慎，不做不善之事。不要像小人独居时做不义之事，见到君子就躲闪逃避，加以掩饰，而故意表现出很善良的样子。却不知"人之视己，如见其肺肝然，则何益矣"。所以说"诚于中，形于外，故君子必慎其独也"。再引用曾子的话："十目所视，十手所指，其严乎！"不要以为别人不知道，其实有十只眼睛看着你、十只手指点着你呢，这是多么严厉呀！古之哲人讲得何其深刻，意不诚，心岂正，又何谈其后的修齐治平呢。

中华优秀传统文化是中华文明的根脉所系，是中华民族蠡斯绵延的精神支撑，叩古索微，我们能深深体会到先贤志士们为国家前途命运、民生福祉安宁虑计，始终持守的朝乾夕惕、不懈不怠、警觉审慎、进取弘毅，既是中华之智慧，也是中华之勇气！这一精神足以促使国家富强、民族复兴之舟船行稳致远！

2023 年

有意义与有意思

我们从小所受的教育被冠以许多的堂皇"意义",这些"意义"当然有意义,比如"己欲立而立人,己欲达而达人""先天下之忧而忧,后天下之乐而乐"的积极、无私奉献。这些"意义"的教化功用不可或缺,但是对于烟火人间的大多数来讲,不可能总是背负着这些"意义",度过晨昏交替的寻常日子。"道在迩而求诸远,事在易而求诸难——人人亲其亲,长其长,而天下平",孟子的话确是值得玩味的。

幼时,经历过一段批判孔子的时间,就感觉孔子总是处于失意奔波、恓恓惶惶的状态。及至真正读到《论语》及诸多儒家经典,才发现先贤的"内圣外王"修为何以道里计。今年"鹿城读书节"举办的经典诗文诵读会,开篇一群小学生诵读的《礼记·礼运》"大道之行"章节就是由我推荐的,因为我觉得这样意义深远的国学经典章节是一定应该让更多的人了解并记住的。深入研读《论语》时,除了如"君子不器""君子坦荡荡,小人常戚戚""三军可夺帅,匹夫不可夺志""士不可以不弘毅,任重而道远。仁以为己任,不亦重乎?死而后已,不亦远乎?"的志向意义、责任担当,其实那些孔子生活状态的"有意思"也令人印象深刻。孔子曾问于弟子们的志向,曾点说:"莫春者,春服既成,冠者五六人,童子六七人,浴乎沂,风乎舞雩,咏而归。"就是,暮春时节,我们数个青少年结伴出游,在沂水中嬉戏、在舞雩台上吹吹风,然后唱着歌回家。孔子说:"吾与点也。"你看,除了那些沉重的"意义",孔子也喜欢这些生活中的情趣和"有意思"。"子之燕居,申申如也,夭夭如也",孔子在家里,除了穿着齐整(申申),也追求舒适(夭夭)。这些章句描写,已彻底颠覆了幼时记忆里孔子总是严肃地教书育人的卫道士印象,一个有意思、有情趣、有血肉的孔子站立了起来。

鲁迅的文章是掷向黑暗势力的投枪匕首、是撕裂国民劣根性的铁爪钢叉。鲁迅给大多数人留存的意义标识也是"一闻激高义、眦裂肝胆横"的斗士形象。但是在陈丹青眼里,鲁迅却不乏颇有意思的"好玩儿"。当年萧伯纳到上海,宋庆龄通知了鲁迅,鲁迅在后来的文章中记述此事时写道:有这样的要去见一见,那就见一见吧。萧伯纳是世界级的大腕,鲁迅将见大腕的心态是不是轻侮了些呢?但是陈丹青认为:"事后这么写了一笔,很轻,很随便,用了心思,又看不出怎样地用心思。鲁迅先生的文句中,布满这类不起眼的好玩,他知道自己好玩,所以不放过一行文字,在那里独自'玩'。""鲁迅先生并不是一天到晚板面孔,而是非常诙谐、幽默、随便、喜欢开玩笑……老先生夜里写了骂人的文章,隔天和那被骂的朋友酒席上见面,互相问起,照样谈笑。""我所谓的'好玩'是一种活泼而罕见的人格,好玩的人懂得自嘲,懂得进退。"

因诤言进谏而饱受人格、肉体屈辱的司马迁,其人格意义之伟大旷世难觅。但是读至《史记·滑稽列传》时,就感觉司马迁苍茫庄严的精神世界里,也有一畦识得自嘲的小小空间。想象他在记叙"滑稽"人物时,也一定有一些对人生困苦的释然吧。《滑稽列传》记叙的第一个人物是淳于髡:"淳于髡者,齐之赘婿也,长不满七尺,滑稽多辩,数使诸侯,未尝屈辱。""髡"是先秦时剃掉头顶头发的刑罚,"赘婿"是上门女婿,足见其人的出身卑贱、容貌平平。齐威王"好为淫乐长饮,沉湎不治……诸侯并侵,国且危亡……左右莫敢谏"。淳于髡却挺身而出,对齐威王说:"国中有大鸟,止王之庭,三年不飞又不鸣,王知此鸟何也?"齐威王也是个聪明人,听懂了淳于髡的"隐语",答道:"此鸟不飞则已,一飞冲天;不鸣则已,一鸣惊人。"齐威王于是浪子回头、改过自新,使齐国"威行三十六年"。不同于孟子对不施仁政威权的铿锵直谏,理学家程颐以"道统"训诫君王"治统"的勇猛,淳于髡身上总是透着一股子好玩儿的"机智"、有意思的"多辩"。《孟子·离娄上》中叙述了一段孟子与淳于髡的辩论对话,颇能反映淳于髡的多变好玩儿。淳于髡曰:"男女授受不亲,礼与?"孟子曰:"礼也。"淳于髡又问:"嫂溺,则援之以手乎？"孟子答道："嫂溺不援，是豺狼也。男女授受不亲，礼也；嫂溺，援之以手者，权也。"淳于髡是说："男女授受不亲如果是'礼'，那么你嫂嫂要是掉进水里，你会拉她一把吗？"孟子答道："看见嫂嫂掉进水里，不施以援手，不成了豺狼一样吗？男女授受不亲当然是礼，但是见嫂嫂落水而施以援手，也是一种权变的办法。"读着二人的对话，不禁对淳于髡的狡黠诡辩觉得好玩可笑。

庄子与名家开山人惠施的辩论同样有意思。二人在濠水桥上游玩儿，庄子看着水中的白鲦鱼说："你看那白鲦鱼悠闲自在，多快乐呀。"惠子说："你又不是鱼，怎么知道鱼是快乐的。"庄子说："你又不是我，你怎么知道我不懂得鱼的快乐。"惠子说："我固然不是你，不知道你的感受，但你也不是鱼呀，你不知道鱼的快乐，也是完全可以肯定的。"想象着二人在濠水桥上游玩的自在快乐、感受着二人童心未泯的机智辩论，真是让人心生向往呀。

国学经典并不都是生涩难懂、佶屈聱牙词语背后所谓的沉重意义，那些情趣盎然、童心未泯的性灵闪耀，也一样的光灿动人。明末思想家李贽在其《童心说》中就有足以令人深思的阐述："夫童心者，真心也。若以童心为不可，是以真心为不可也。夫童心者，绝假纯真，最初一念之本心也。若失却童心，便失却真心；失却真心，便失却真人。人而非真，全不复有初矣。童子者，人之初也；童心者，心之初也。""古之圣人，曷尝不读书哉。然纵不读书，童心固自在也；纵多读书，亦以护此童心而使之勿失焉耳，非若学者反以多读书识义理而反障之也。"童心就是真心，无真心者做不了真人，读书是为了守护住童心，而不应使"多读书识义理"成了情趣童心的滞障。

与李贽交好的性情中人、"公安派"袁宏道在《叙陈正甫会心集》中说："世人所难得者唯趣。趣如山上之色，水中之味，花中之光，女中之态，虽善说者不能一语，唯会心者知之。"他又进一步对人生难得之情趣加以深掘："当其为童子也，不知有趣，然无往而非趣也。面无端容，目无定睛；口喃喃而欲语，足跳跃而不定；人生之至乐，真无逾于此时者。孟子所谓不失赤子，老子所谓能婴儿，盖指此也，趣之正等正觉最上乘也。"那么童心不失的美好情趣是如何随时日递进而缺损的呢？他的分析是"迨夫年渐长，官渐高，品渐大，有身如梏，有心如棘，毛孔骨节，俱为闻见知识所缚，入理愈深，然其去趣愈远矣"。如果有意义的人生不与童心未泯的情趣、有意思的寻常时日相联系，我们所追求的意义或许就会被折损消磨。2014年第11期《读书》杂志曾登载了一篇题为《袁宏道说情趣》的文章，作者写道：中国人虽然受限于礼教、束缚较多，但传统文化提倡中和，也一样能容纳幽默、风趣的人生。袁宏道说趣、论趣，也极想构建有趣的人生。古人已经远去，但今日的现代化不能简单地理解为物质财富的创造与人们生活的改善，似乎也应当包含快乐人生与情趣人生的建构。

前几日，我与尚接受小学童蒙教育的女儿聊天，我问："你们体育课都玩什么呀？"女儿答："就是在操场上瞎玩呗！""不打球，练器械呀？""老师怕出危险，不让玩儿。"妻子接话说："我们小时候上体育课多快乐呀，打球、跳绳、玩单双杠。"我又问："那上音乐课吗？"女儿答："音乐课也大都被语文数学什么的占了。"那些被冠以有意义的课程当然重要，但是离开快乐、健康、有意思的生活，我们真的还能希求一个充满创造的阳光的世界吗？

2022 年

文明与开放

有学者将人类生产资料抑或政治发展历史分为三个阶段：蒙昧时代、野蛮时代、文明时代。蒙昧时代，人们贫穷但自由，"日出而作，日入而息；凿井而饮，耕田而食，帝力于我何有哉"。但那尚处于"杀人之父，人亦杀其父；杀人之兄，人亦杀其兄"的自由模式下的暴力原始时代，有人歌颂它的自由无拘，但它的残忍混乱是我们无论如何也不能重蹈覆辙、重拾"贰过"的。孔子讲"从心所欲不逾矩"，这个"矩"就是秩序，就是"礼""法"。《礼记》载："鹦鹉能言，不离飞鸟；猩猩能言，不离禽兽；今人而无礼，虽能言，不亦禽兽之心乎？"卢梭说："人生而自由，但无往不在枷锁之中。自以为是其他一切主人的人，反而比其他一切更是奴隶。"他又接着说："社会秩序乃是为其他一切权利提供了基础的一项神圣权利。"看来虽是地域、时代不同，但这二人都强调个人的权利自由应该在社会秩序（"矩"）的规范下行使，千万任性不得。

一

看见过一家烧烤店的广告语：火，使人类由蒙昧迈向文明。挺佩服店家的层次格局，讲得很好。蒙昧时代的茹毛饮血、生食活吞，既不卫生，也不利于消化，更残忍得有碍观瞻。《礼记·曲礼上》中讲了很多饮食之礼，比如"勿抟饭，勿放饭"是说，不要用手抟饭团，已经抓取的饭不要再放回到食器中了。"羹之有菜者用梜，其无菜者不用梜"，"梜"和"箸"都是筷子的意思，用手抓食肯定不文明（除了风俗外），今天聚餐，很多人甚至已经习惯了使用公筷。筷子的使用，在我国至少已经有三千年历史，中国最早发现的实物筷子，是出土于安阳殷墟的铜筷子。《韩非子·喻老》篇中记载"昔者纣为象箸，而箕子怖"，是说商纣王用象牙制作的筷子进食，箕子认为其过于奢侈，因而感到恐惧。

吕叔湘先生曾于 20 世纪 30 年代翻译过美国人类学家罗伯特·路威的一部脍炙人口的名著《文明与野蛮》，书中记载：第十世纪的西班牙贵人请客的时候，富丽堂皇的桌布铺在桌子上，杯盘满列，山珍海味一道道上来，可是没有叉。爵爷也罢、方丈也罢，吃那些鳟鱼、羊肉、鸡肉全得借助五指将军。在中世纪的初年，大家合用一只大盆，连个匙儿也只有贵人才使得着，盘子也没有。每人面前安一只盘子，这是 16 世纪才有的事。在 14 世纪（法国）上等社会里头，汤是用粗陶碗盛的——两位客人共一碗。设若全是家里人，更不用这样麻烦，就拿煮汤的锅子端上来大家喝。面包是每人一厚片。肉由一人切片，用铜盘盛着，讲究些使用银盘，各人往自己的木碟里拣，可是只能使三个指头。吃完了，剩些沾过油汤的面包舍给穷人。一个人一道菜就要使一只盘子，这要到1650年左右才完全通行，那野人似的对付办法才绝迹。那时候拿块肉骨头或面包条片喂桌了底下的猫狗绝对不算失仪。《礼记》中讲，不要将拿起的鱼肉再放回食器中，不要将骨头扔给狗，"勿反鱼肉，勿投与狗骨"。《文明与野蛮》还记载：在早年，刀比较起来更重要，可是也不如我们设想之甚。在法国，不管怎样盛大的筵席，有个两把三把就够使，你使过了给我，我使过了给他。1550年以前的人喝酒只用一只公共的酒杯。往后又过了一百多年，还有一位上等社会里头的太太用十个指头抓菜吃。到1695年还有一位太太用"才从她的樱唇上拿下来"的匙儿舀酱油给客人，毫不觉得什么。总而言之，二百多年前，顶文明顶讲究的西欧人，讲起吃饭的格式来还只是一个野人。他们进步到跟东非洲黑人一样，饭前饭后洗洗手，可没有能比这个更进一步。

《文明与野蛮》一书记述：巴黎城在13世纪中已有人口12万，到16世纪终增加到20万，再过一百年便达到50万。在那个欧洲的首都、时髦的源泉的巴黎城里，满街都是秽物。蒙丹老先生想在巴黎城里找一个可以不闻见臭气的住处，始终没有找到。这也无怪其然。单举一件事，巴黎人的便壶是随意在窗口向外而倒的，毫不顾及行路之人。谁要是身段欠些灵活，听见一声"当心水"不能立即闪开，那就准中无疑——这在莫里哀以及同时代诸家的喜剧里是屡见不鲜的插话。可是这还算是比较无伤大雅。中下阶级中人更不讲究，随地便溺，连便壶等居间物都不用。法国革命快要爆发的时候，瑟罢士梯安·麦舍诉说，在进门的弄子里小便成了男子们的习惯。"一回家就看见一个男子在你的楼梯脚下小便，看见你丝毫不觉得难为情……这个风俗实在非常脏，尤其使妇女们为难。"

在从前王权神授、朕即国家的黄金时代，卢浮宫实在很不体面。院子里、楼梯上、阳台上、门背后，人人可以随意方便——管宫的人员绝不来干涉，所以谁也不怕看见。在一般民众看来，这种鄙野之风原不足责。

法国著名汉学家谢和耐教授在其记述同时代、南宋临安（杭州）城百姓生活的《蒙元入侵前夜的中国日常生活》一书中，写道：借助于 12 至 13 世纪间三个不同时期的户籍调查，在 1165 至 1173 年间，户籍数为 104699，这也就是说，如果每户 4 至 5 人的平均数字是可以接受的，则人口总数当为不足 50 万。在 1241 至 1252 年间，户籍数达 111336，人口总数则相应地在 50 万以上。最后，到 1270 年，户籍为 186330，人口总数在 90 万左右。事实上，从户籍调查获知的数字必须被看作最低限度的，因为其中既未包括来访旅客，或许也未包括杭州（临安）的驻军人数。因而，在 1275 年前后，可以有把握地说，整个杭州地区的人口总数已逾百万。

在对临安城卫生、交通供应讲述章节中，该书写道：而这些运河则分别流经该城的不同街区，把所有的秽物运去……然后，河水再流出城市，淌进大海，使城内的空气清新宜人……当局把街道打扫干净，并将垃圾用船运走。这些船只先来到城北新桥附近的运河上的汇合地点，然后结成船队前往农村，在那里垃圾被置于荒地上进行处理。每逢新春之际，地方官署便会对街道进行一次彻底的大扫除，并对运河进行一次普遍的清理。富家宅院均有厕坑，但是居住在贫困区多层楼房（原文如此）中的穷人，却不得不使用"马桶"。清洁工每天会来把马桶中的粪便取走。这些粪便无疑是被用来当作周围花园和东郊菜地的肥料。而清洁工们，俗称"倾脚头"，也结成了一种合作关系。他们"各有主顾，不敢侵夺，或有侵夺，粪主必与之争，甚者经府大讼，胜而后已"。

两书刊行虽相距 70 余年，一个写 13 世纪的巴黎、一个写同一时期的南宋杭州，都是从百姓日常生活写起，两者当时的文明程度高下立判，若是再加以《礼记》所载饮食之"矩"相较，更是云泥之别。

二

2024年2月27日,最高法召开新闻发布会,宣布人民法院案例库正式上线。相关负责人介绍说,建设人民法院案例库是促进法律正确、统一适用的重要举措,是深化诉源治理的重要抓手,也是最高法切实强化法官司法能力建设的务实举措。这个事情其实非常重要,起码能使同样类型的案件得到统一的判决,或者起到参考借鉴的作用。从电视上看到这则消息,就想起清朝的《刑案汇览》一书。该书辑录了乾隆元年至道光十四年近百年间由中央司法机关审理的刑案5640余件,按大清律例的门类编排,于道光十四年刊行。

书中记录了这样一宗案件,嘉庆二十四年(1819年),四川一个叫李成荣的地主,他的妻子李何氏长得很漂亮,引得家中雇工周得佶的垂涎。一日,周得佶趁李成荣外出之际,调戏李何氏,遭到李何氏怒斥。李成荣回来后,李何氏碍于面子,未对丈夫说出实情,只讲周得佶懒惰,应将他辞退。李成荣不明就里,且周得佶此前多次透支工钱,便答复妻子说等到周还清欠款就将其辞退。

未曾想,色胆包天的周得佶竟然于第二天夜里,再次抱住李何氏调戏。李何氏挣脱不得,用刀将周刺伤,被李成荣逮个正着,并将周捆缚。第二天欲送官府时,闻讯围观的邻居诸人纷纷责骂周得佶，周恼羞成怒，对李何氏破口大骂。李何氏气愤不过，挥刀刺向周得佶，致其当场毙命。

案子送到四川总督蒋攸铦处，鉴于当时法律在这方面没有明确规定，即援引1783年一起类似案例，判了一个绞监候。

"人命关天"，清朝所有死刑案件都要送到朝廷，由刑部、大理寺、都察院进行复核。三个部门中，刑部最有发言权，刑部的初审意见是赞成蒋攸铦的判决。

眼看李何氏命悬一线，人理寺少卿杨怿曾提出不同意见说，"明刑所以弼教，妇女首重名节"，李何氏因为反抗调戏杀人，事出有因，不应重判。

按照现代法律观点，李何氏存在"防卫过当"之嫌。但嘉庆帝见到刑部的初步处理意见后，勃然大怒，将四川总督和刑部官员一通臭骂，又表扬了敢于提出不同意见的杨怿曾，说："都察院、大理寺原以济刑部之所不及，汝本进士出身，刑名甚熟。"李何氏得以无罪释放。

李何氏一案的判决在当时产生了深远影响，救了不少抗拒侮辱而伤人、杀人的无辜女子。为了预防类似案件，刑部干脆制定条例，规定"应请嗣后妇女拒奸杀人之案，登时杀死者无论所杀系强奸调奸罪人，本妇均勿论"。有评论讲："不得不说，这是古代妇女权益保护的巨大进步，具有里程碑意义。"

之所以讲这个例子，是想说，在我小时候，得到的信息都是几千年帝制是黑暗专制的,无一丝人性、人道可言。将历史、文化传统完全割断,其实造成的是彼时认知的一片苍白茫然。钱穆先生曾讲:"不能因为我们推翻了清帝制,就认为我们的历史文化传统就全部一无所取。"他在《中国历史研究法》一书中说:"近代中国人,只因我们一时科学落后,遂误认为中国以往历史上一切文物制度全部落后了。此实是一种可笑的推断。最低限度讲来,中国人所一向重视、不断讲究的修齐治平之道,较之并世各民族,断不能说是落后。此一分辨,近代惟孙中山先生最先提出,而且据孙中山意见,中国人所讲治平之道,实在比之并世诸民族远为先进。"他在承认近代科学落后的事实后讲:"如中国历史上一切传统政制,如上述宰相制度、选举制度、考试制度和赋税制度等,这不是一种发明吗?这究是谁在发明的呢?我们历史上的古人,他们究向何处抄袭这一套,而把来传入中国的呢?我之钦佩孙中山先生,正因他不但能采人之长,补己之短,同时亦能不将自己的优良历史文化传统一笔抹杀……孙先生固不是一位史学家,但他对中国传统政治之优点,已能洞若观火,在这一点上,他确是近代一位先知先觉者。""现在我们偏爱说中国人无法制,无定宪,永远在帝王专制下过活,那岂不是冤枉了中国历史。这因我们自己不了解自己以往的历史,遂误认为自己以往一切完全要不得,于是只想抄袭别人。"

既要看宏观的，也要看微观的；既要看桌面上的，也要看桌面下的；既要看庙堂之高的，也要看江湖草野的，真实的历史一定是多面相的，而不会是快餐式传递、浅薄式演绎、功利式表达、流量式吸睛的那样。

三

中国的改革开放已走过近半个世纪的时间，从站起来、富起来到强起来，经济的高速发展、物质的极大富足，带给国人自近代以来从没有过的自信。习近平总书记强调："改革开放是决定当代中国命运的关键一招，也是决定实现'两个一百年'奋斗目标、实现中华民族伟大复兴的关键一招。"

中国历史上的周汉唐宋等盛世王朝，其建世之初，无不拥有革弊鼎新之担当、不负天下之进取、招贤纳谏之雅量、顾念民艰之悲悯，中华儿女共同创造的文明之光，在当时的世界闪耀一时。及至后来，尤其明清以降，改革之动力匮乏、创新之精神萎靡、开放之意识缺失，在极度的自私、极度的狭隘、极度的颟顸、极度的昏聩裹挟下，与浩浩荡荡的世界文明渐行渐远，终至落伍被欺凌。

"中国"一词最早出现于陕西宝鸡出土的西周"何尊"，其122个铭文中，"它兹中国"赫然呈现。但那时的"中国"主要指中原、中土，非今日中国的国家概念。今天我们讲中华民族共同体，是指56个民族共同组成了中华民族，民族间一律平等。但过去尚无此概念，中华古籍里多有"南蛮北狄东夷西戎"之歧视色彩的称谓，古时很多人头脑里只有"天下"，而无"世界"，"溥天之下，莫非王土；率土之滨，莫非王臣"。中土之外，皆为鄙俗，平等看世界的视野缺失，这也是当时与世界断离的重要原因。

1792年，英国使臣马嘎尔尼率英国外交使团，带着英国国王乔治三世的国书和精心准备的国礼，在海上航行9个月，抵达中国。在与清大臣讨论觐见乾隆帝的礼节上，双方发生激烈冲突，清大臣坚持要让他们履行三跪九叩群臣大礼，对方认为国与国是平等无二的，他们不能执臣下礼见面。乾隆帝得知双方的争执龃龉后，本就对见面不感兴趣的心情更加不爽。于是修书一封，令其返程，回信尽显大清的无知、傲慢和闭塞。《敕英咭利国王谕》，"敕""谕"都是以上令下的修辞，够自负的。"朕披阅表文，词意肫恳，具见国王恭顺之诚，深为嘉许……""天朝抚有四海，惟励精图治，办理政务，奇珍异宝，并不贵重。尔国王此次赍进各物，念其诚心远献，特谕该管衙门收纳。"这威仪、这做派、这言语，真是够有排面的。

乾隆朝再往前追溯两千年，改革家赵武灵王欲向所谓的"弱小"民族学习，推行强军振国的"胡服骑射"。赵武灵王深知改革之难，他首先去做当时的重臣、他叔父公子成的思想工作，他讲"制国有常，利民为本；从政有经，令行为上。明德先论于贱，而从政先信于贵，故愿慕公叔之义以成胡服之功也"。有理有节，真诚谦逊。他叔叔说："臣闻中国者，圣贤之所教也，礼乐之所用也，远方之所观赴也，蛮夷之所效也。今王舍此而袭远方之服，变古之道，逆人之心，臣愿王熟图之也。"虽然后来，公子成接受了赵武灵王的意见，带头穿着胡服上朝，但是其当时的心理是不是跟乾隆爷一样呢：只有他们学我，哪儿有我学他们的道理？

《文明与野蛮》写道："除掉美洲来的番茄、土豆、豆子、玉米面包、波罗蜜、可可；非洲来的咖啡；中国来的茶叶；印度来的白米和蔗糖，我们的餐桌上还剩些什么？牛肉，小麦，裸麦，牛奶。这里面，裸麦在基督出世的时候才传进欧洲。其余的要算是很早就有了的，可也不是欧洲的土产。全都得上近东一带去找老家。讲到起源，西部欧洲是一样也说不上。"

前些时间，中央电视台纪录频道播出的大型纪录片《大敦煌》，全景式地对敦煌历史进行了解构介绍，让人们感受到文明交流交融可能产生的极大魅力。

改革添动力，开放增活力。封闭只能带来狭隘、短视、停滞，开放却可以带来自信、从容、坚定，采人之长、补己之短，从历史追溯中聆听"师古不泥古"的启迪之音，才可能在文明再造中更快实现几代人追求的中国式现代化之复兴梦想！

2024 年

文明的未来

前些年，网上有篇针对一起人为灾难事件而深刻反思的文章引起了广泛关注，文章呼吁人们在无限追逐"物"的同时，也要停下来等等自己的灵魂。有一本书的书名就叫《别走的太快，等一等灵魂》，做过简单的浏览，大意相同。物质关乎肉身，叫"口腹之欲"；灵魂关乎精神，叫"无欲则刚"。当年李叔同由富家子弟逐物风流、到文艺倜傥，再至枯灯守禅，成为弘一法师，他的爱徒丰子恺先生总结其恩师一生道：我以为人的生活，可以分作三层，一是物质生活；二是精神生活；三是灵魂生活。"人失去了灵魂，就不再成为人。因为人类的本质，就是对自然现象背后的精神存在的认识，是灵魂而不是身心合一的有机体，使人类与这种精神存在发生联系的。或者，在神秘论者的经验中，人的灵魂就是等同于精神的存在。"（汤因比《人类与大地母亲》）

一

物质是基础，所谓"衣食足知廉耻，仓廪实知礼仪"。但二者也不必然关联，整不好还容易成为一些精神惰怠者的借口。在物质极大丰富满足的当下，不知廉耻礼仪、任性胡为、恣意纵乱的事情难道少见吗？《论语》中记录有孔子与其弟子的这样一段对话。子贡曰："贫而无谄，富而无骄，何如？"子曰："可也。未若贫而乐道，富而好礼者也。"子贡问，贫穷但是不谄媚，物质富足但是不骄纵怎么样？孔子说，也可以。但是却不如物质贫穷仍乐于坚守精神之道，物质富足却能做到持守信仰之礼。孔子所答之"自觉"境界显然要高于子贡。何怀宏先生在其新作《文明的两端》一书中写道："注意文明的两端，还可以让我们发现比较关键的一点。人类的注意力现在似乎又开始集中于物质了，不过是一个全新的、更高得多的水平上追求物质，且这追求物质看来还不是在为发展政治文明做准备，更不是为提升精神文明做准备，而就是以人的控物能力的不断发展和物质生活的不断提高为主要追求。难道人类的文明就是要'始于物质而终于物欲'？"这问题的确值得人们思考。"在人类文明的轴心时代，不同文明产生的核心价值分别引领了各自的文明两千年，直到近代才发生巨变，那未来是否还有可能再现一个新轴心时代引领全球文明？"

"轴心时代"是德国哲学家雅斯贝斯提出的。它是指，公元前800年至公元前200年这个时间段，苏格拉底、柏拉图、释迦牟尼、孔子、老子，创立各自的思想体系，共同构成人类文明的精神基础，直到今天，人类仍然从这种基础之上汲取不竭的精神营养。汤因比在其《人类与大地母亲》一书中说："这些公元前6世纪的先知们直至今日仍对人类发挥着直接的或间接的影响，其影响远远超过生活在今天的任何人。我们这一代人中，半数以上人受到佛陀的直接影响，三分之一以上受到孔子的影响。""相信人类的精神力量能够战胜贪心；相信人类坚韧地忍受苦难的创造性力量；呼唤退世而致醒觉之路；号召人们成为一个为善而与邪恶斗争的斗士——自从公元前6世纪这五位伟大的先知（汤因比个人总结的轴心时代的五位先哲：佛陀、孔子、毕达哥拉斯、以赛亚第二、琐罗亚斯德，《轴心时代》一书还论及除孔子外的苏格拉底、柏拉图、孟子、老子、墨子等人物）向世界宣布了这些信条，对于终极实在的观点和人类品行的训示改革，便不可逆转了。"凯伦·阿姆斯特朗在其《轴心时代》（该书的副标题为《塑造人类精神与世界观的大转折时代》）中也有同样的表述："所有圣贤都颂扬一种同情和怜悯的精神，他们强调，人必须摒弃自大、贪欲、暴力和冷酷"，"每一种思想传统都发展出'己所不欲，勿施于人'这一'金规则'的独特程式"。

二

习近平总书记指出："泱泱中华，历史悠久，文明博大。中华民族在几千年历史中创造和延续的中华优秀传统文化，是中华民族的根和魂。"坚定文化自信，就一定要知道我们的历史文化出处、知道我们其来有自的文明"始端"、知道我们的文明基因密码，才不会在风云变幻的世纪变局中迷失我们的道路坚持、信仰坚守。

何怀宏在其《文明的两端》一书中说："我希望在文明的始端，更多关注中华文明的历史起源和演变，在文明的近端，则更多关注人类共同体的未来。"学者的期待与我国开展了 20 多年的中华文明探源工程不谋而合。

中华文明探源研究需要解决几大关键问题：一是中华文明何时形成？有多久的历史？二是中华文明如何起源、形成和发展，中华文明从多元起源到中原王朝为引领的一体化趋势是如何形成的？三是中华文明为何会走出一条多元一体、源远流长、延绵不绝的道路？四是中华文明起源、形成、发展的道路和机制有何特点？五是中华文明在世界文明史中的地位如何？中华文明探源研究，以距今 5500—3500 年最能反映社会发展状况和权力强化程度的浙江良渚、山西陶寺、陕西石峁和河南二里头 4 个都邑性遗址以及黄河、长江和辽河流域的中心性遗址作为工作重点，从中开展大规模考古发掘和周围地区聚落分布调查，获取方方面面信息，多学科、多角度、多层次、全方位对中华文明起源、形成与早期发展进行深入研究。

中华文明探源研究提出不同于其他观点的进入文明社会标准：一是生产发展，人口增加，出现城市；二是社会分工，阶层分化，出现阶级；三是出现王权和国家。经过二十多年艰苦工作，中华文明探源工程取得显著成绩。中华文明探源研究就中华文明起源形成与早期发展过程，以及相关的背景和原因，得出了以下认识：距今万年奠基，八千年起源，六千年加速，五千多年进入（文明社会），四千三百年中原崛起，四千年王朝建立，三千年王权巩固，两千两百年统一多民族国家形成。

这期间的 2019 年 7 月，在第 43 届世界遗产大会上，良渚古城遗址正式列入《世界遗产名录》，表明良渚古城遗址所揭示的中华五千多年文明史获得了国际广泛认可。习近平总书记强调，经过几代学者接续努力，中华文明探源工程等重大工程的研究成果，实证了我国百万年的人类史、一万年的文化史、五千多年的文明史。

文化与文明很多时候共用，其实从源头来讲又有不同。中国考古发现的最早乐器、八千年前的河南贾湖骨笛（用鹤的尺骨制作），至今仍能吹出悠扬乐曲，这是文化。而文明需具备的三要素，城市、社会出现不同分工、王权国家，彼时显然没有出现。良渚的大型水利设施、大型粮仓、内外城址等，没有社会分工、强大的社会组织动员能力，是根本不可能完成的，这是文明的力量。中国共产党第二十次全国代表大会报告中指出："中华优秀传统文化源远流长、博大精深，是中华文明的智慧结晶，其中蕴含的天下为公、民为邦本、为政以德、革故鼎新、任人唯贤、天人合一、自强不息、厚德载物、讲信修睦、亲仁善邻等，是中国人民在长期生产生活中积累的宇宙观、天下观、社会观、道德观的重要体现。"

中国最早的上古文献《尚书》中讲帝尧任部落首领后，"克明峻德，以亲九族；九族既睦，平章百姓；百姓昭明，协和万邦"，然后"乃命羲和，钦若昊天历象——日月星辰，敬授民时"。任命羲氏、和氏掌管天文历象，要求其恭敬地按照天空中日月星辰的运行规律去认识自然生成规律，并将总结出的天象节令知识告诉百姓（观象授时），以利于农业耕作。不同于其他古文明形态，中国的文明源头是农耕文明，农业耕作离不开对天象的观察和历法的制定。更早的辽河、黄河、长江等古遗址挖掘出的象征天圆地方形制的祭器玉琮等，都印证了中国古人对天地自然的认识、遵从。尽管今天人们具备了更丰富的科学知识，能够指出古人对天地认识的局限，但是由那时生成的积极心灵指引，却早已成为中华儿女"日用不觉"的精神文化支撑。比如《周易》"乾卦""坤卦"由天地的生生大德，导引至人的精神层面的"自强不息""厚德载物"。革卦讲"天地革，四时成"。而鼎为大吉之器，昔时大禹治水成功，制九鼎立于天下，象征新政，鼎卦象辞讲"木上有火，君子正位凝命（端正身心，恪守使命）"，这就是成语"革故鼎新"的出处。老子由天地自然之"道",阐释"三生万物""有生于无"的道理和从水的运行规律总结出"利万物而居下位""为而不恃,长而不宰"的做人之谦恭退守之德。

文化的累积是文明的基础,文明的发展又会反作用于文化。文化更多关乎精神,文明的涵盖面却更加广泛,即如今天人们讲的物质文明、精神文明、制度文明、生态文明等。汤因比把文明定义为社会形态,这样的社会形态不只包括文化,还包括政治和经济,只是文化在这样的社会形态中具有特殊功能,它是区分或辨识不同文明形态的基本标记。为什么文化是特殊标识、标记?汤因比的解释是,社会形态中的其他因素或多有变化,而文化则相对稳定。虽然一国一族的文化相对稳定,但与现代生产生活方式不相适应的落后、僵化的文化显然需要抛弃,所以文化是有优劣之分的,我们今天强调的是要继承发扬中华优秀传统文化。2013年11月26日习近平总书记在山东曲阜孔府和孔子研究院考察时指出:"一个国家、一个民族的强盛,总是以文化兴盛为支撑的,中华民族伟大复兴需要以中华文化发展繁荣为条件。对历史文化特别是先人传承下来的道德规范,要坚持古为今用、推陈出新,有鉴别地加以对待,有扬弃地予以继承。"

而文明更多强调的是不同。如汤因比所言:"所有文明样本都是等值的，没有孰优孰劣。如果从短暂的文明史与数百万年人类史相比，所有文明其实都处于同一时代，比照任何理想的标准，任何文明都没有资格看不起其他文明。""比照任何理想的标准"，物质应该是其中一环，但假如以物质的发达作为衡定文明的唯一标准，物质至上主义、那些暂时取得物质优势的国家就会看不起尚处于发展中的国家！北黍南稻、南甜北咸、东辣西酸，"橘生淮南则为橘，生于淮北则为枳，叶徒相似，其实味不同。所以然者何？水土异也"。所以，那么多当下学人推崇轴心时代的先知，是因为在他们身上，呈现出的是现代人匮乏的精神道德力量。汤因比在《人类与大地母亲》里提道："良心属于人类，人类良心对罪恶的反抗证明，人类也能够是善良的。"阳明先生晚年将其"心即理""知行合一""致良知"心学理路，至简为"良知"二字，讲"千圣皆过影，良知是吾师"，已然是剥丝抽茧、切中肯綮。

三

20世纪70年代，湖北曾侯乙墓的发掘引起世界轰动。墓中共出土礼器、兵器、车马器和竹简15000余件。尤为人们震惊、也被人们反复说起，甚至在荧屏上被多次呈现的是其无与伦比、堪称国之瑰宝的3组、65件编钟。钟铭所载内容，大多闻所未闻

（中国传统典籍《乐记》已佚），被誉为不朽的中国古代乐律理论典籍。编钟音域宽广、音色优美、音质纯正，有五个八度（比现代钢琴只少一个八度），基调与现代音乐的C大调相同，仍可演奏出各种中外名曲。

墓中出土件数最多的是车马兵器，足见这个叫"乙"的曾国国王是个既拥有权势，又注重生活品质的人物。墓中还出土了23具女尸，年龄在13岁至25岁，有人认为这应该是为曾侯乙演奏音乐的乐工。在赞叹绝美的古代礼乐文明时，有人关注到这23个女性的命运了吗？她们在最好的年龄被深埋于泥土之中，她们会是心甘情愿的吗？当生土掩面、窒息难忍的那一刻，她们想起了什么，她们流泪了吗？孔子也是音乐爱好者、绝对的音乐"发烧友"，曾因在齐国听到了《韶》乐，很长时间尝不出肉的滋味，并说到，想不到《韶》乐的美妙达到了这样迷人的地步。他将"礼乐射御书数"，作为君子应学习持守的修为，叫"君子六艺"，这算不算最早的"德智体美劳"教育呢？而孔子又是坚决反对以活人殉葬，甚至以人形刻制土俑木俑殉葬的行为。孟子在与梁惠王的一段对话中引用孔子的话说"始作俑者，其无后乎！为其象人而用之也。如之何其使斯民饥而死也"。第一个用人形木俑土俑殉葬的人，难道没有后代吗？难道就因为它像人模样就用作下葬吗？那这样的话，对于老百姓被饿死的情况又该怎么办？视人生命如"俑"，怎么会有同情心？抛开对人的生命的普遍关切同情，而单纯追求个体愉悦身心的所谓"礼乐"，这是不是那些"精致利己主义者"的代表做派？那个叫"乙"的王侯恐怕没接受过孔孟之说的真传，或只知其一。

"太祖勒石，锁置殿中，使嗣君即位，入而跪读。其戒有三：一、保全柴氏子孙；二、不杀士大夫；三、不加农田之赋。"（王夫之《宋论》）这是说，宋太祖赵匡胤初登大宝，即刻石碑锁于柜中，要求凡继位者必须开启柜门、跪地诵读碑文，发誓不得伤害柴氏子孙；不得杀害读书的士大夫；不得增加农人赋税负担。后人对有宋一朝所谓的"重文轻武"多有微词，笔者看来，这实在是吹毛求疵。今天的中华文明，有宋一朝贡献卓绝，即如陈寅恪先生说"华夏民族之文化，历数千载之演进，造极于赵宋之世，后渐衰微，终必复振"。王朝的更替虽原因很多，但多与末世承平日久、精神不振、奸佞当道、贪墨奢靡有关，怎么赵皇帝重视仁政、不杀文人士大夫就成了奠定亡国的罪证了，真是荒唐至极！看看烟火气十足的《清明上河图》，那时市井生活的丰富多样、惬意舒适也别有一番滋味吧。杨家将、岳家军忠肝义胆；范仲淹、文天祥、苏东坡气贯长天；程朱理学开创儒学新天地，并为后来者王阳明承继再造……学文读史，只知苛求文字，而不识精神，必入谬途。

唐宋之间是中国历史上混乱的五代十国时期，这期间，出现过一个极为荒唐、残忍的刘氏"南汉"国。刘姓几代国王冷血至极，其所作所为堪为畜类，欧阳修修撰的《新五代史》记载，刘陟"性聪悟而苛酷，为刀锯、肢解、刳剔之刑，每视杀人，则不胜其喜，不觉朵颐，垂涎呀呷，人以为真蛟蜃也。又好奢侈，悉聚南海珍宝，以为玉堂珠殿"，刘陟这家伙发明了刀锯、肢解、刳剔等酷刑，最爱看杀人，每看人被施以酷刑、被杀，就高兴快乐到流口水，人们称他为"真蛟蜃"，禽兽一个。继任者刘玢，在其前任尸骨未寒之际，即大行淫乐，"在殡，召伶人作乐，饮酒宫中，裸男女以为乐"；刘玢被杀，刘晟继位，大开杀戒，"三年，杀其弟洪雅，又杀刘思潮等五人"，"五年，晟弟洪弼、洪道、洪益、洪济、洪建、洪昭，同日皆见杀"，这个家伙专杀弟弟，几年杀了二十多个；刘晟儿子刘鋹继位，更创造了人类荒唐史的极致，"至鋹尤愚，以谓群臣皆自有家室、顾子孙，不能尽忠，惟宦者亲近可任，遂委其政丁宦者，至其群臣有欲用者，皆阉然后用"。刘鋹认为大臣们都有家室，所以有私心，不能尽忠于他，所以规定，想要当官，必先阉之。赵匡胤当年灭掉南汉时，发下重誓"吾必救此一方黎民"，再与赵匡胤自幼并一生深浸先贤之学相联系，他的"勒石立誓"，广施仁政，会是偶然的吗？

不同的文明体都曾有过至暗时刻，也理应在今天人类和平愿望占主导的理念中形成守护文明之光的命运共同体。汤因比在其《人类与大地母亲》一书中对战争掠夺、强权霸取、物欲追逐表达了深深忧虑,对中华文化精神可能给人类未来带来的光明,表达了真诚的希望。"在《新约》之前,《道德经》一书就已宣称,人类技术和组织上的进步是一个陷阱,'人多利器,国家滋昏;人多伎巧,奇物滋起;法令滋彰,盗贼多有';'持而盈之,不如其已'。"他说,《道德经》的这些段落,"正是对那种要我们全力追求力量和财富号召的抛弃"。他推崇墨子的"兼爱"思想,"中国哲学家墨子则宣扬,人类应该相爱,并以无私的忠诚来为同类谋幸福……在工业革命时代的人类文明世界中,人类之爱应该扩展到生物圈中的一切成员,包括生命物和无生命物",他在书中告诫人们,人类独有的分辨善恶、"反求诸己"的思想能力是抵御物欲横泛、使地球母亲免遭破坏的精神支撑,"生物圈包裹着地球这颗行星的表面,人类是与生物圈身心相关的居民,从这个意义上讲,他是大地母亲的孩子们——诸多生命物种中的一员","人类具有思想意识,他能明辨善恶,并在他的行为中作出选择","如果克服了那导致自我毁灭的放肆的贪欲,人类则能够使她(地球母亲)重返青春"。

《传习录》中,阳明先生在与弟子于中交谈中,讲"良知在人,随你如何不能泯灭"。弟子于中颇有感悟,说到"只是物欲遮蔽,良知在内,自不会失,如云自蔽日,日何尝失了",阳明先生对于中的聪明回答大为赞赏。如果汤因比读了此语，一定对大地母亲的未来又会增添一份信心吧。文明的未来当然不会是"始于物质而终于物欲"，因为尽管会"云自蔽日"，但良知的光明终会穿破云层、照耀人类的未来征途！

2024 年

有用与无用
——关于中国文化过往的一些思索

一个人成长的过程，其实是不断放弃的过程。不断放弃是需要勇气的：因为对"有用"和"无用"的择取甚至需要一生的时间。奥卡姆剃刀原理说："如无需要，勿增实体。"老子讲："为学日益，为道日损，损之又损，以至于无为，无为而无不为。"

读书学习这事儿，如果没有悟性，很容易成了为读书而读书、深陷观念障碍的"呆子"。"师古不泥，善用其心"，方为治学之正途。老子是智者，他讲这话当然是怕死读书、食古不化，以至于影响到对天地自然之"大道"的感悟。所以"读万卷书，行万里路"才能颉颃并行。20世纪20年代，杨杏佛在上海中国公学演讲中，将中国近代知识分子的个性演变归纳为"三士论"：年轻时，心忧天下，是志士；壮年时，声誉日隆，是名士；及至晚年，心如止水，是居士。从志士的"有用"到居士的"无用"，折射出那一代学人所处世道人心的诸多变故。当下也有"学士、硕士、博士"之"三士"，其中自有源于兴趣追求的有志者，同时也不乏为就业糊口之现实需要的"功利者"。一些"有能力"

的人出于装点门面等其他需要，亦混得硕博文凭。原铁道部运输局局长张曙光更是险些夺取工程院院士之名头，真真令人瞠目。

一

士与儒密不可分，几可同语。"儒"这字过去可做文化的代名词，在甲骨文里"儒""需"同体。《易经》第五卦即为"需卦"：乾（天）下，坎（水）上。象征着等待和需要，强调了在行动之前应耐心等待合适的时机。"而"字本意为柔软的胡须，"需"也有如丝细雨之意。所以古时，"儒"被视为"软人"。古人造字，从"需"的都有软的特质，如懦、孺、糯、蠕、襦、嚅。这个意思一直延续到现在，比如讲增强国家的文化软实力。"需"如春雨，细密绵长，方能湿根濡须，沁入肌理。所以文化这事儿，必须真心服膺，导以时日，尚可成就。如果只是出于"有用"之功利，更假于浮躁突进，必不长葆。

视"软人"如无用，或对"软人"恩威并施，自古至今屡见不鲜。战国时，秦孝公欲变法复兴穆公春秋霸业。于是，甘龙、杜挚、公孙鞅（商鞅）三人于孝公殿前展开了一场变法辩论。PK结果，商鞅胜出：孝公起用商鞅开始其变法革新。商鞅的变法思想，集中于《商君书》，基本理路为：废儒兴法，耕战并举。人们熟知的"徙木立信"（当然此举有积极意义）是其确立"法治"

威严的肇始之举。他主张以法治国，以农战为本，强调国家的统一和强大，反对儒家的礼乐教化。《商君书·靳令》中明确指出："国有礼、有乐、有《诗》、有《书》、有善、有修、有孝、有悌、有廉、有辩慧，国有此十者，上无使守战。国去此十者，故至，必削；不至，必贫。"拿破仑说："世界上只有两种强大的力量，即刀枪和思想，从长远来看，刀枪总是被思想战胜的。"而商鞅认为："以力攻者，出一取十；以言攻者，出十亡百。国好力，此谓以难攻；国好言，此谓以易攻。"他又对古代与当时的社会风气进行对比："古之民朴以厚，今之民巧以伪。故效于古者，先德而治；效于今者，前刑而后德……以义教，则民纵；民纵，则乱；乱，则民伤其所恶。吾所谓刑者，义之本也；而世所谓义者，暴之道也。"商鞅之"法"实为狼虎般的严刑暴法，缺乏现代法治的救赎理念，"杀人不为暴，赏人不为仁者，国法明也"，"以杀去杀，虽杀可也；以刑去刑，虽重刑可也"，"圣王者，不贵义而贵法。法必明，令必行，则已矣"。一国之治，如果只有酷刑暴法，全无道义良知，人心之战栗荒芜已是必然，还谈什么"免于恐惧的自由"。

如何将人民彻底困缚在土地上只为皇权耕田作战，商鞅有一系列的招数，限于篇幅，只举几招。招数一，"无以外（务农之外的事）权任（衡量任用）爵与官，则民不贵学问，又不贱农。民不贵学则愚，愚则无外交（对外的交往）。无外交，则国安而不殆（危险）。民不贱农，则勉农而不偷（怠惰）。国安不殆，勉农而不偷，则草必垦矣"。简而言之就是，封官进爵之途只能从好好务农的人中产生，这样，老百姓就不重视文化知识了。一不学习就变成愚昧之人了，也因此不懂如何对外交往了，就只能好好种地了。招数二，"废逆旅（旅馆），则奸伪、躁心、私交、疑农之民不行。逆旅之民无所于食，则必农。农则草必垦矣"，拆了客舍旅店，刁民们外出连个吃住之地儿也没了，就只能乖乖地在家种地了。招数三，"重刑而连其罪，则褊急（性情急躁）之民不讼（争执），很（狠）刚之民不斗，怠惰之民不游，费资之民不作，巧谀、恶心之民无变也。五民者不生境内，则草必垦矣"。就是将那些闹事的施以重刑，并连带上他的家人，看他还敢不好好除草种地。招数四，"国之大臣诸大夫，博闻、辩慧、游居之事，皆无得为；无得居游于百县，则农民无所闻变见方（广博）。农民无所闻变见方，则知（智）农无从离其故事（种地），而愚农不知，不好学问。愚农不知，不好学问，则务疾（积极）农。知农不离其故事，则草必垦矣"，国家大臣大夫们不得做那些增长见识、辩论知识、四处传播的事儿，这样即使那些有点智慧的农民也无从知道道理，愚农们就更加不好学问，只能好好种地了。

客观讲，商鞅施法虽不能做到如包公铡斩驸马爷，但基本做到了王子犯法与民同罪。秦国太子犯法，商鞅说："法之不行，自上犯之","将法太子"。但是"太子,君嗣也,不可施刑",于是就对太子的师傅、老师公子虔、公孙贾施以重刑。兴法耕战之举也确实在初期取得了成果:"行之十年,秦民大悦,道不拾遗,山无盗贼,家给人足。民勇于公战,怯于私斗,乡邑大治。"(《史记·商君列传》)商鞅变法虽为后来秦嬴政统一六国打下了丰备的物质军事基础,但其后他的废儒愚民、严刑暴法之举的延续,也成为秦帝国二世而亡的重要诱因。太史公对商鞅有如下评价:"商君,其天资刻薄人也。迹其欲干孝公以帝王术,挟持浮说非其质矣。""余尝读商君《开塞》《耕战》书,与其人行事相类。"(《史记·商君列传》)如此刻薄无情之人,孝公即亡,其遭车裂之酷刑,已属咎由自取。

文化之悲剧还在继续,愚民之国策仍未断绝。秦始皇平定六国,一统天下,仍笃信法家之暴政治民。自幼有"仓鼠"之志的李斯摸准了始皇帝的脉络,他进言道:"今天下已定,法令出一,百姓当家则力农工,士则学习法令辟禁。今诸生不师今而学古,以非当世,惑乱黔首……语皆道古以害今,饰虚言以乱实,人善其所私学,以非上之所建立。""臣请史官非秦记皆烧之,非博士官所职,天下敢有藏《诗》、《书》、百家语者,悉诣守、尉杂烧之。有敢语《诗》《书》者弃市,以古非今者族(处死并株连亲属),吏见知不举者与同罪。令下三十日不烧,黥为城旦。所不去者,医药、卜筮、种树之书。"后因卢生、侯生私议始皇暴政,秦始皇大怒,"于是使御史悉案问诸生,诸生传相告引,乃自除犯禁者四百六十余人,皆坑之咸阳"。这就是恶名远播的"焚书坑儒"。始皇长子扶苏曾逆鳞进谏:"天下初定,远方黔首未集,诸生皆诵法孔子,今上皆重法绳之,臣恐天下不安。唯上察之。"秦始皇龙威大变,将扶苏发配至边关戍守。

商鞅、李斯、秦始皇们绞杀儒生、灭绝文化、钳制言论的暴行,虽非前无古人后无来者,但作为一种国家战略来予以实施,却是独帜古今。他们对"有用"和"无用"的择取非常明确:农夫种地,充我口腹;军士作战,开疆拓土;严刑暴法,维护安定,如此足矣。而什么《诗》、《书》、礼、乐皆属腐化人心、易生私议的东西,只有彻底毁之,使人心死灭,唯我是从,方能"朕为始皇帝,后世以计数,二世三世至于万世,传之无穷"。

二

尽管儒表法里是千年帝制的主线,但是文化毕竟再未沦入被全面绞杀的境地。汉武帝虽"独尊儒术",与秦相较,已属中华文脉得以传续之大幸。隋开科举取仕,为读书人开启了一条得以上升参与国家治理、公平竞争的通道。唐宋时期,是中华文化大发展的黄金时期,这当然与执政者兼听则明、善于听取不同意见的包容人度有关。陈寅恪曾说:"华夏民族之文化,历数千载之演变，造极于赵宋之世。"近年来，对有宋一朝政治开明、文化开放、言论相对自由的认同较为一致，宋朝的哲学、文学英才辈出。湖南长沙岳麓书院就诞生于北宋开宝年间，当年理学大家朱熹与张栻曾于此论学，举行了著名的"朱张会讲"，前来听讲者络绎不绝，"一时舆马之众，饮池水立涸"。这事儿要放在商鞅、秦始皇时代，估计会九族尽诛。中国古代四大发明中的三项——活字印刷、指南针、火药都于此朝出现，我国古代最早的白话小说的"话本"，也出现于宋朝。张择端的《清明上河图》描绘了东京汴梁繁荣和谐的市井生活。宋朝对文化和言论的开放包容与其立国者宋太祖赵匡胤密不可分。宋太祖虽起于行伍，但酷爱读书。年轻时随周世宗打仗途中，有人告发其私载货物数车之多，一检查，发现全是书籍，有数千卷。得了天下后，他在太庙寝殿立了块誓碑，其中一条誓词云："不得杀士大夫及上疏言事人。"他曾对宰相赵普说："五代方镇残虐，人民深受其害。朕欲选干练儒臣百余人，分治大藩，纵皆贪浊，亦未及武臣一人也。"其后，他又说："欲武臣尽读书，以通治道。"

宋太祖的工作生活作风对其后继者影响甚巨。他弟弟宋太宗总是穿洗了又洗的旧衣服，并自毁珍奇精巧之物，辞却女色宴乐之献。一次与大臣们吃饭，其旧部贾某花言巧语、极尽献媚取宠之能事，判官窦某实在听不下去了，指着贾某说："如此巧言令色，你不觉得羞耻吗？"众皆愕然，饭局就此散去。之后，窦某却被一再提升,太宗说:"朕所以提升窦卿,是因为窦卿敢于以公正之心当面指责贾卿的虚伪,正直的大臣应该得到表彰。"宋仁宗皇帝的思想觉悟更是令人称奇,一日,仁宗听到丝竹歌笑之声,问:"此何处作乐?"宫人说:"此民间酒楼作乐处。"宫人又说:"官家(皇帝)且听,外间如此快活,都不似宫中如此冷冷落落。"仁宗说:"汝知否?因我如此冷落,故得渠(他们,指百姓)如此快活。我若为渠,渠便冷落矣。"识得对物欲、权欲的自我克制,甘于寂寞换得百姓的快乐,也因此,仁宗被后人称作"千古盛德之君"。宋朝皇帝们对文化知识的确是真心尊崇服膺,经筵制度就是最好的体现。经筵是汉唐以降,针对帝王特殊的教育方式,宋朝正式确立为制度。简单讲,经筵就是古代文化人、知识分子以国学经典教化帝王,让帝王了解和吸取历代兴亡的教训、真心接受儒家之经义,以学问之"道统"训诫帝王之"治统"。公元1086年,思想家、理学开创者之一、54岁的程颐以布衣之身,被朝廷任命为"崇政殿说书",充任冲龄登基哲宗皇帝的经筵侍讲。程颐连上三道札子,阐明自己为帝王师的观点,其中就有:"臣以为,天下重任,惟宰相与经筵。天下治乱系宰相,君德成就责经筵","臣窃以人主居崇高之位,持威福之柄,百官畏慑,莫敢仰视,万方承奉,所欲随得。苟非知道畏义,所养如此,其成德可知。中常之君,不无骄肆。英明之主,自然满假。此自古同患,治乱所系也"。学者吴钧在"程颐的政治哲学与宋朝的政体改造"一文中评论说："皇权高高在上，极容易'骄肆''满假'，因而皇帝比任何人更加需要教化。经筵制度可以让君主长期接受儒家理想的熏陶，在日常教育中潜移默化，从而养成克制的自觉与能力……对君主来说，最大的美德便是克制与谦抑。"

三

　　明清两朝，虽经筵犹存，但早已没有宋时的真诚自觉，变得有一搭没一搭。清朝的几次对中华传统文化摧残的"文字狱"，更是恶名昭著，其"非我族类，其心必异"的私狭之念想昭然若揭。尽管清朝十一帝大多非常勤勉努力，不荒于政务，但对异议诤言的宽容、对文化道义的尊崇、对儒者良知的优渥已逐渐变少。"上有所好，下必甚焉"，帝王身边的一般所谓文人在此精神摧残下，已沦为视文化为功利游嬉的玩物。好大喜功的乾隆召集天下文化人、由纪晓岚牵头修撰《四库全书》时，一些人为讨乾隆欢心，故意出错，想让乾隆看出修改错误，以显示乾隆的水平之高，讨好乾隆。乾隆有时能看出来，有时看不出来或忙于政务，御笔一批、敷衍过去，这也是《四库全书》多有谬处的原因之一。如此拍马屁，真是让人哭笑不得。

　　物质可以强身、文化却可以强心。离开心灵的觉醒、精神的认同、信仰的聚集谈民族复兴，一定会南辕北辙。党的十八大报告，将文化建设同经济、政治、社会、生态建设一并提及，文化建设已成为各层面高度重视的国家战略。习近平总书记在访欧演讲时说："历史是现实的根源，任何一个国家的今天都来自昨天。只有了解一个国家从哪里来，才能弄懂这个国家今天怎么会是这样而不是那样，也才能搞清楚这个国家未来会往哪里去和不会往哪里去。"庄子说：人皆知有用之用，而莫知无用之用。文化或许不会如物质那么立竿见影的"有用"，它却注定会影响小到一个人、大至一个国家的前途命运。

2016 年

在沉思的边缘

在优秀历史文化记取中涵养气概

物质生活得到满足的时候,对精神生活的追求几乎是自然而然的事情。一时间,文化热、国学热鱼龙混杂、泥沙俱下,一股脑地涌在已然温饱无忧的人们面前,良莠沓至,真假莫辨。

我们的社会中隔几年就会冒出个"高人""大神"式的人物招摇撞骗、蛊惑人心,再假以伪国学、伪文化作幌子,欺骗性更巨。快餐式阅读、碎片化获取、蜻蜓点水式的感悟,已取代了很多人旧时的安静品读、沉静思考。浮躁何以得"道"?"非淡泊无以明志,非宁静无以致远"俨然成了墙上的书家装点。世界上不存在神秘莫测、不近人性人情的学问,除非有人故弄玄虚。《中庸》讲"道不远人,人之为道而远人,不可以为道"。孟子说:"道在迩而求诸远,事在易而求诸难。"东郭子问道于庄子,庄子回答,道"无所不在",东郭子追问"期而后可",庄子回复"在蝼蚁""在稊稗""在瓦甓""在屎溺"。心学阳明讲:"人须在事上磨,方能立得住,方能静亦定,动亦定。"无"事上磨",何来"知行合一"。中国传统文化中有非常好的一句话叫"耕读传家",将做事与读书相谐合,才是完美人格养成的正途正觉。

钱穆先生讲："中国人讲学问，恒以'知行'两字并重。无论说知难行易、知易行难、知行合一云云，均将知与行两项连在一起说。"2019年4月8日的《中国文化报》登载了一篇题为《在守正创新中提炼中华优秀传统文化精神标识》的文章，文章说："中华优秀传统文化的精神标识，是中华优秀传统文化皇冠上的明珠，是中国人思想和精神的内核与精髓……应该说，在博大精深的优秀传统文化中，精准概括或提炼出这样的精神标识并不容易。"这话讲得很客观，滥觞于轴心时代的中国传统文化，当其时，百家争鸣，学说林立，精神蓬勃，健康进取。这一具有奠基开创意义的"游士时期"（钱穆语）为中华民族注入了生生不息的精神给养。视域、襟怀、天资、经历、学识不同，每个人的理解和汲取也会不一样。该篇文章中，作者对"贵和""重义""民本""日新"四方面做了分析，列为中华民族精神标识的一个思索路径。

一

尤其要说说"和"，"和"不是无原则的你好我好的一团和气，不是人云亦云的同流不辨。该文写道："早在春秋时期，古人就提出了'和实生物'的主张，认为单一元素是没有办法成长、发展的，多种元素相成相济，才可以生发出丰富多彩、充满生机的世界。把许多不同的元素相成相济结合在一起，并使它们获得平衡，这才可以叫作'和'。"于自然讲，就是"不与天争职""民胞物与""天人合一"；于他人关系讲，就是"礼之用，和为贵""君子和而不同""君子和而不流""和则一，一则多力，多力则强"；于别国关系讲，就是"和衷共济""协和万邦""天下大同"。习近平总书记提出的"人与自然是生命共同体""构建人类命运共同体"，都是"贵和"思想的当代体现。费孝通讲与他国他人的关系时说"各美其美，美人之美，美美与共，天下大同"，亦如是。

"和"不是不争，而是怎么争。子曰："君子无所争，必也射乎！揖让而升，下而饮。其争也君子。"可以上场比试箭法，但是也不影响场下饮酒畅叙，竞争不是你死我活，而是"各美其美、美人之美"的和平竞争，我们今天叫和平崛起。这就是中国"礼"之美，"和"之美，不懂这些，断不识中华文化之精神所在。钱穆先生在《中国历史研究法》中说："研究历史，亦即研究社会。主要在能把握传统性，显出独特性，看出其人群相处间存在一定的关系。即如何由个人生活融凝转化为群体生活之几条道路，即人类相互接触间，有关其思想、情感、信念等，如何能趋向于和谐与合作，发展与进步。这是研究历史和社会之最大节目与纲领。"

二

如果贵和、重义、民本、日新，抑或"中和位育"，都需要对人的教育约束、后天养成、主动作为，那么有些东西却是为人之天生具备。孟子认为恻隐之心、羞恶之心、辞让之心、是非之心是犹如人之四体的四端之心，无此四端，非人也。这是底线，而非道德高线。还比如"孝"，乌鸦反哺、羔羊跪乳，禽类兽类尚有此心，而况人类，这也是为人之底线。但一些人总是将底线类的东西视作中华优秀传统文化的精髓而不识其他，那势必会矮化、淡化、弱化我们的优秀文化精神因子。十三经中列有《孝经》，开篇讲："夫孝，德之本也，教之所由生也。"孝是根本、底线，因为"爱亲者，不敢恶于人；敬亲者，不敢慢于人"。什么才是孝，孔子说："今之孝者，是谓能养。至于犬马皆能有养，不敬，何以别乎？"现在人们所说的孝，往往是指能够赡养父母，但那跟养犬马有什么分别呢？发自内心的尊敬才是根本。尊敬也不是盲从。《孝经》里讲，曾子问孔子："敢问子从父之令，可谓孝乎？"孔子的回答是：这是什么话。过去天子有诤臣七人，不失其天下；诸侯有诤臣五人，不失其国；大夫有诤臣三人，不失其家；士有诤友，才不会坏了自己的名声；父亲有诤子，就不会让自己陷于不义境地。遇到有违正义的事情，就要勇于谏诤，盲目地从父之令，这是愚孝呀。

将一些东西人为极端化，势必会产生南辕北辙的效果，并被人诟病。滥觞于东汉、元人编辑的《二十四孝图》中，有的孝子为给母亲治病，割掉身上的肉；有的孝子在严寒时节脱光衣服趴在冰面上试图暖化寒冰，捕获鲤鱼（卧冰求鲤）。在《度阴山讲中国史》一书中，作者写道："这些极端的展现孝的方式，让人不寒而栗、莫名其妙。整个东汉时期，想被举荐做官的人先是给母亲服三年丧，当所有人都这样做时，服三年丧就没了竞争力，于是有人出奇制胜，服六年，甚至服九年。""人的行为倘若不是发自内心，而是为了做给别人看，行为本身就失去意义，因为这已经是典型的知行不一。""人们将与生俱来的道德感（谦让、孝顺）扭曲为竞争的目标和获取利禄的手段，伪君子开始多于真小人。"

《二十四孝图》里还有"老莱娱亲""郭巨埋儿"等故事。一个叫老莱子的人，已经七十多岁了，总是装作婴儿态，"为婴儿戏于亲侧"。又喜欢在打水时，假装摔倒在地，"作婴儿啼"，以逗乐双亲。鲁迅先生在《朝花夕拾》中讲此事时说："'肉麻当作有趣'一般，以不情为伦纪，污蔑了古人，教坏了后人。老莱子即是一例，道学先生以为他白璧无瑕时，他却已在孩子的心中死掉了。"一个叫郭巨的人，家中贫穷，他儿子三岁时，郭巨母亲"减食与之"，奶奶爱孙子，分食予之本属正常，但小郭却看在眼里、疼在心头，对妻子说："贫乏不能供母，子又分母之食，盍埋此子？"小郭看此情境，不是去想其他办法，而是和妻子商量要活埋了儿子。这故事的结局似为欢喜，小郭挖坑时，掘出一坛黄金。鲁迅先生在《朝花夕拾》中说："我最初实在替这孩子捏一把汗，待到掘出黄金一釜，这才觉得轻松。然而我已经不但自己不敢再想做孝子，并且怕我父亲去做孝子了。家境正在坏下去，常听父母愁柴米，祖母又老了，倘使我的父亲竟学了郭巨，那么，该埋的不正是我么？"鲁迅先生讲得幽默，看客却已胆战心惊。

三

钱穆在《中国历史研究法》中提道："近代的中国人，只因我们一时科学落后，遂误认为中国以往历史上一切文物制度全都落后了。此实是一种可笑的推断……又且我们中国社会绵延四五千年，一贯禅递而来。故家遗泽，积厚流光。其所以能有如此内蕴，必有值得我们作缜密精详推求之必要，则断无可疑。"习近平总书记讲："我将无我，不负人民。"舍小我、取大义，逐求精神至高境界，理当成为支撑数千年中华文明瓜瓞绵绵、生生不息的重要源流。先师孔子说"志士仁人无求生以害仁，有杀身以成仁"。"舍生取义""杀身成仁"成为一代代志士仁人逢临民族、国家危难时的决绝选择。

淳于髡想戏谑儒家，问孟子："男女授受不亲，礼与？"孟子答,是礼。淳于髡接着问:"嫂溺,则援之以手乎?"孟子说:"嫂溺不援,是豺狼也。"孟子的回答充满"义"之血性,一扫一些人心目中所认为的儒家刻板、教条、拘谨的认识。曾去过山东济宁、建于北宋时期的孟庙,立于院内数百年的苍松翠柏间,就想,昭示"自反(反思)而缩(正直),虽千万人吾往矣"勇气的亚圣,该是怎样的一位伟丈夫。

文天祥生于素有"文章节义之邦"美誉的江西庐陵,孩童时游于乡校,见到乡先贤欧阳修、杨邦义、周必大、杨万里等的祠像,慨然曰:"没不俎豆(祭祀)其间,非夫也。"我死后,若不能于此间得到祭祀,不是男子汉。1256年,他参加理宗皇帝亲自主持的集英殿廷试,其对策"法天不息",一万余言,一挥而就。理宗帝翻阅此对策,大加赞赏,亲擢第一甲第一名进士(状元)。考官王应麟评价说:"是卷古谊若龟鉴,忠肝如铁石。"即使是当时的敌对方亦对其报国义勇钦佩有加,感叹"文丞相英才伟略,古今罕有,本朝将帅皆不可及"。被俘后,面对多方劝降,皆不应允。被俘前,宋帝赵㬎等亲赴狱中劝降,文天祥施以君臣之礼后,说:"皇帝请回,吾意已决。"文天祥于狱中写就千古名篇《正气歌》。行刑之日,他面南而坐,对行刑者说:"吾事已毕。"从容就义。后在其衣袖中翻出了他写的"衣带诏":"孔曰成仁,孟曰取义,惟其义尽,所以仁至,读圣贤书,所学何事?而今而后,庶几无愧!"儒学精神、中华优秀传统文化滋养了这感天动地、确乎不可拔的正气绝唱。

中华优秀传统文化同样为一代一代前仆后继的革命先行者提供了舍生取义、勇毅无畏的精神给养。"砍头不要紧,只要主义真,杀了夏明翰,自有后来人"的夏明翰烈士在写给母亲的遗书中说:"你用慈母的心抚育了我的童年,你用优秀古典诗词开拓了我的心田……"在包头市东河区王若飞纪念馆,有这样的文字介绍:"在达德学校,王若飞学习刻苦。喜欢阅读岳飞的《满江红》、文天祥的《正气歌》,尤喜《木兰辞》中'万里赴戎机,关山度若飞'一句,遂改名王度,字若飞,表达了他少年时的情怀和理想。"

2019年3月18日,习近平总书记在学校思想政治理论课教师座谈会上讲话指出:"在讲授中国历史时,要注重引导学生传承民族气节、崇尚英雄气概,引导学生学习英雄、铭记英雄,自觉反对那些数典忘祖、妄自菲薄的历史虚无主义和文化虚无主义,自觉提升境界、涵养气概、激励担当。"这对塑造当代价值观,具有十分重要的指导意义!

2021年

在沉思的边缘

嵇康之死，孝及其他

去年在外出差，离家时随手拿了册薄书——2009年版"大家精要"丛书之《嵇康传》。本想用作消磨时间，没想到竟被吸引进去，几天时间就读完了。关于嵇康的书有很多版本，但我还是喜欢这种严肃负责、忠于史实的历史著述，而非所谓戏说、故作调侃潇洒类的闲散之作。书至尾章部分写到，曾与嵇康一起锻造打铁的向秀在其山阳旧居前痛哭流涕，忆往昔与嵇康、吕安的情谊："余与嵇康、吕安居止接近，其人并有不羁之才。然嵇康志远而疏，吕安心旷而放，其后各以事见法。嵇康博综技艺，于丝竹特妙。临当就命，顾视日影，索琴而弹之。余逝将西迈，经其旧庐。于时日薄虞渊，寒冰凄然。邻人有吹笛者，发声寥亮。追思曩昔游宴之好，感音而叹。"这段文字记叙了嵇康的才华多样、样样盖世，尤其是他的天纵音乐才华。就像前朝司马迁为李陵鸣不平，被汉武帝严厉惩罚；后世明朝王阳明与奸宦刘瑾硬杠，屈遭酷刑一样，嵇康为吕安申诉，终遭当朝司马昭、钟会、吕巽（吕安兄长）等人的陷害，殒命于当时的洛阳建春门东市。在刑场，嵇康在人群中索来古琴，弹奏一曲《广陵散》。曲终音息，嵇康长叹一声："袁孝尼尝请学此散，吾靳固不与，《广陵散》于今绝矣！"言毕，从容就义。此曲既成绝响！

读向秀的《思旧赋》时，我便想起辛弃疾当年于鹅湖送别时，所作《贺新郎·把酒长亭说》词序中记叙的情景："至鹭鹚林，则雪泥路滑，不得前矣。独饮方村，怅然久之，颇恨挽留之不遂也。夜半投宿吴氏泉湖四望楼，闻邻笛悲甚。"看来，向秀与辛弃疾一闻邻笛而生思念故交旧友的情感是相通一致的，尽管一个在晋世，一个在宋朝。

一

同行出差的人拿过我刚读完的这册薄书翻看，当看到嵇康写给其子嵇绍的《家诫》长信时，其中提到嵇康要求儿子少喝酒，应酬时不要喝醉，他颇感意外，对我说："竹林七贤不是最爱喝酒吗？"面对他对人性单一理解的"真纯"，我没有过多解释，只是说："喝多了难受，谁都一样。"魏晋风流之竹林七贤留给后人的一般印象无外乎远离世事，桀骜不驯，吟啸山林，饮酒明志。但即使是为躲司马氏联姻而一醉两个月的阮籍，也不赞成他儿子阮浑学其所谓名士之态，说："仲容（阮咸）已预吾此流，汝不得复尔。"戴逵在《竹林七贤论》中讲："盖以浑（阮浑）未识己之所以为达。"阮浑还没有认识到这种表面放达的原因。其实，这放达中何尝没有对现实的无奈、对人生选择的痛苦、对个人志向的茫然？他们对老庄的追求和效仿并没有改变内心深处的儒家救世愿望。他们不愿后代也像他们一样，一生所学、一世才华归于沉寂，重走他们的悲剧人生道路。关于这一点，鲁迅说："嵇康是那样的高傲，而他教子却要他这样庸碌。因此我们知道，嵇康自己对于他自己的举动也是不满意的。所以批评一个人的言行实在难。社会上对于儿子不像父亲，称为'不肖'，以为是坏事，殊不知世上正有不愿意他的儿子像自己的父亲的。试看阮籍、嵇康，就是如此。这是因为他们生于乱世，不得已，才有这样的行为，并非他们的本态。但又于此可见，魏晋的破坏礼教者，实在是相信礼教到固执之极的。"又说："魏晋时代，崇尚礼教的看来似乎很不错，而实在是毁坏礼教，不信礼教的。表面上毁坏礼教者，实则倒是承认礼教，太相信礼教。因为魏晋时代所谓崇尚礼教，是用以自利，那崇奉也不过是偶然崇奉，如曹操杀孔融，司马昭杀嵇康，都是因为他们和'不孝'有关，但是曹操、司马昭何尝是著名的孝子？不过将这个名义，加罪于反对自己的人罢了。于是老实人以为如此利用，亵渎了礼教，不平之极，无计可施，激而变成不谈礼教、不信礼教，甚至于反对礼教。但其实不过是态度，至于他们的本心，恐怕倒是相信礼教，比曹操、司马昭们要迂执得多。"关于这一点，鲁迅的话或许有些尖刻。后人评述说：

嵇康教子未必就是想让他庸碌，但让他于乱世学会和光同尘、过平凡日子，却实在是如一般人那样，出于对儿子的怜爱。但对司马昭们假借"孝"之礼教治世的虚伪，嵇康却看得十分清楚。

在这篇《魏晋风度及文章与药及酒之关系》讲座文稿中，鲁迅先生讲道："不过何晏、王弼、阮籍、嵇康之流，因为他们的名位大，一般的人就学起来，而所学的无非是表面，他们实在的内心，却不知道。因为只学他们的皮毛，于是社会上便多了很多没意思的空谈和饮酒。许多人只会无端地空谈和饮酒，无力办事，也就影响到政治上，弄得玩'空城计'，毫无实际了。在文学上也是如此，嵇康、阮籍的纵酒，是能做文章的，后来到东晋，空谈和饮酒的遗风还在，而万言的大文如嵇、阮之作，却没有了。刘勰说'嵇康师心以遣论，阮籍使气以命诗'。这'师心'和'使气'，便是魏末晋初文章的特色。正始名士和竹林名士的精神灭后，敢于师心和使气的作家也没有了。"的确如此，嵇康、阮籍都是诗文大家，至今仍堪称楷模。但我们这些凡夫俗子却只看到他们的空谈饮酒的表面，弃其文章精神于不顾，实在是粗俗浅薄。

其后的南北朝，诸族逐鹿中原，所谓"中原陆沉""衣冠南渡"，这是人性残忍至喑的百年。谁能说，嵇、阮之后的这段历史，不是与他们精神的寂灭有关呢？但精神可以蛰伏，岂能寂灭无息？中华文化精神从来就像草野地火，一遇强风，自当燃遍四宇。陈寅恪先生在论及魏晋南北朝之后的李唐王朝时说："盖取塞外野蛮精悍之血，注入中原文化颓废之躯，旧染既除，新机重启，扩大恢张，遂能别创空前之世局。"

二

鲁迅先生在此文中还说道："曹操见他（孔融）屡屡反对自己，后来借故把他杀了。他杀孔融的罪状大概是'不孝'……倘若曹操在世，我们可以问他，当初求才时就说不忠不孝也不要紧，为何又以不孝之名杀人！然而事实上纵使曹操再生，也没有人敢问他，我们倘若去问他，恐怕他把我们也杀了。"

嵇康是当时的天下第一名士，除了才华横溢，容貌亦被惊为天人。他身长七尺八寸（相当于现在的一米八多），风姿俊秀，当时的人形容他"萧萧肃肃，爽朗清举"。山涛说："叔夜（嵇康字）之为人也，岩岩若孤松之独立；其醉也，傀俄若玉山之将崩。"成语"玉山将崩"即出于此，可以说是典型的男神。这样的人又品行高洁、执拗倔强，对司马氏集团的数次征辟坚辞不受。这就对司马氏的统治产生了潜在的威胁，因此他非死不可。嵇康被杀是因为他的朋友吕安被诬陷"不孝"，从而牵连到他，罪名和曹操杀孔融如出一辙。魏晋以"孝"治天下，但"孝"在当时往往被用作强权暴政的遮羞布和夺人性命的借口。

自东汉魏晋以来，"孝"被扭曲的例子俯拾皆是，它早已偏离了先秦儒家的初衷,并被后人误解,甚至被当作反传统、反礼教的口实。元人编辑的《二十四孝图》中,有的孝子为给母亲治病,割掉身上的肉;有的孝子在严寒时节脱光衣服趴在冰面上,试图暖化寒冰以取得鲤鱼。整个东汉时期,想被举荐做官的人先是给母亲服三年之丧,当所有人都这样做时,服三年之丧就没了竞争力,于是有人出奇制胜,服六年,甚至九年。在大家都把服丧年限提高后,给父母服丧又失去了竞争力,于是有人脑洞大开,给领导服丧。这俨然是一场荒诞的闹剧。所有想要捞到官职的人,或真或假地做着这些事,希望引起官方的注意,从而步入仕途,光宗耀祖。

嵇康对当时拉大旗作虎皮,以所谓"孝"治天下之虚伪行径充满蔑视,因此"越名教而任自然",以老庄精神武装自己,实属无奈之举,因为远离也是一种自我救赎。即便在其他文明中,如基督教的"摩西十诫"第五条也讲"当孝敬父母",可见有些情感是可以共通的。文化从来就不是僵化的,孔子也从来不是呆板刻薄之人。他一样喜欢与他人在沂水玩水嬉戏、在舞雩台吹风,然后唱着歌回家(浴乎沂,风乎舞雩,咏而归)的自由生活。只是目睹当时的礼崩乐坏、瓦釜雷鸣,他决心重拾周公之礼乐典章规矩(周监于二代,郁郁乎文哉,吾从周)。难道强调必要的规矩规范就不应该成为文化的一部分、教化治乱的重要手段吗?这难道一定是压制自然情感的表现吗?

三

《传习录》记载，王阳明的学生徐爱问："如今人尽有知得父当孝、兄当弟（悌）者，却不能孝，不能弟。便是知与行分明是两件。"阳明说："此已被私欲隔断，不知知行的本体了。未有知而不行者。知而不行，只是不知。圣贤教人知行，正是要复那本体。故《大学》指个真知行与人看，说'如好好色'，'如恶恶臭'。只见那好色时已自好了，不是见了后又立个心去好。闻恶臭属知，恶恶臭属行。只闻那恶臭时已自恶了，不是闻了后别立个心去恶……就如称某人知孝、某人知弟，必是某人已曾行孝行弟，方可称他知孝知弟。不成只是晓得说些孝弟的话，便可称为知孝弟？"看见美好的色彩，自然心生欢喜（知），主动靠近（行）；闻到污秽之物的恶臭，自然心生厌恶（知），掩鼻逃离（行）。这是心之本体的自然生成，难道还要先知道个"美"的理、"臭"的道，才会选择个"行"的路？孝悌也是如此，难道还需再三思索吗？难不成只是说些孝悌之道的理论空话，才称得上是孝悌？

《度阴山讲中国史》一书中有这样一段话，深契阳明先生讲的"此已被私欲隔断，不知知行的本体了"："人们将与生俱来的道德感（谦让、孝敬）扭曲为竞争的目标和获取利禄的手段，伪君子开始多于真小人。史载（东汉）知识分子赵宣为博取功名，葬亲后不久即关闭墓道，在黑暗中守孝二十余年。后来政府去征召他出来做官，赵宣心花怒放，招呼他的几个孩子出来叩谢，前来的政府官员震惊得闭不上嘴。按规定，守孝期间是不能和妻子同房的，而赵宣的孝，已不是良知，而是最大的人欲。"

良知即如孟子讲的"不虑而知"，它发乎本心，是未被污染的心之本体，是人之有别于其他动物的根本所在。什么是"不虑而知"？《孟子·公孙丑上》一章作了最好的诠释："今人乍见孺子将入于井，皆有怵惕恻隐之心。非所以内交于孺子之父母也，非所以要誉于乡党朋友也，非恶其声而然也。"当人们突然看到一个小孩快要掉进井里时，都会立刻产生惊恐和同情的心理。这种反应并不是为了和这孩子的父母拉近关系，也不是为了在乡邻朋友中博取声誉，更不是因为讨厌这孩子的哭叫声。看到他人陷于险境，无须过多思考，更不会顾及利益得失，良知会驱使人们自然而然地施以援手。良知也成为判断是非对错的核心标准。嵇康是服膺良知的"师心"者，他在《释私论》一文中说："情不系于所欲，故能审（正视）贵贱而通物情。物情顺通，故大道无违；越名任心，故是非无措。"

的确，世界上的人和事纷繁复杂，是非难辨。如果难以判断，那就静下心来，听听"良知"的声音吧！

为儒家正名一二

用鱼龙混杂、泥沙俱下形容当下的自媒体平台或许不为过分。本人曾写过一则信息,当中列举了诸多自媒体平台的错字、病句、前言不搭后语的表达混乱等。这些中学语文的基本水平都未达到的网文,离客观、真实、优美、深刻等字眼相去甚远。

当下的传统文化复兴是好事,毕竟人的精神需要有所依附,心灵需要安慰。但是传统文化离开了"优秀"二字做前缀定义,就一定会沉渣泛起、误碍清明、与涅俱黑。比如近来就多次从短视频里看到传授五行测命、奇门遁甲类的东西,实在让人心生对分辨能力差之观者的迷失担心。我的忧虑不是没有缘由,前几年参加一个读书会,被要求讲几句优秀传统文化,因时间短,就想起当日凌晨的惊雷不断,随口说了《周易》"震卦"中的"震来虩虩,恐以致福"的道理。中华先哲们正是从天地变化中感悟做人做事的启示。但就有人说笔者懂易经,会看风水,真是让人啼笑皆非。他们或许没听过"子不语怪力乱神"这句警示语吧。

党的二十大报告中对中华优秀传统文化有如下表述:"中华

优秀传统文化源远流长、博大精深,是中华文明的智慧结晶,其中蕴含的天下为公、民为邦本、为政以德、革故鼎新、任人唯贤、天人合一、自强不息、厚德载物、讲信修睦、亲仁善邻等,是中国人民在长期生产生活中积累的宇宙观、天下观、社会观、道德观的重要体现,同科学社会主义价值观主张具有高度契合性。"

"天下为公、民为邦本、为政以德、革故鼎新、任人唯贤、天人合一、自强不息、厚德载物、讲信修睦、亲仁善邻"等,都能从儒家典籍中找到出处源头,只要能静下心来认真读这些原典原著,就能感悟其中的精神力量。但是现实中,对儒家学说的误读、曲解,甚至污损、毁谤却随处可见。表达个人观点看法、意见建议是个人权利所系,但是无凭无据、未及本意的张口胡来,就不能不让人为儒家做必要的申述正名。

一

看到一个短视频播主讲,在澳大利亚,女儿拒绝出庭举证父亲的贩毒行为,警察起诉女儿,法官判女儿无罪。然后播主联想到"大义灭亲"这个成语,并对女子这种行为进行了批判。

我在几次交流场合,对这个视频进行了批驳。这位博主犯了两个错误,一是逻辑错误,二是他不知道儒家早在两千年前就讲过"亲亲相隐",这 保护基本人伦理念原则被历代律例吸收接纳直至当下。

先说"大义灭亲",这个成语源自《左传》(这点播主讲对了)。《左传·隐公三年》有相关记载。"公子州吁,嬖人之子也,有宠而好兵,公弗禁,庄姜恶之。石碏谏曰:'臣闻爱子,教之以义方,弗纳于邪。骄、奢、淫、泆,所自邪也。四者之来,宠禄过也。将立州吁,乃定之矣,若犹未也,阶之为祸。夫宠而不骄,骄而能降,降而不憾,憾而能眕者鲜矣。且夫贱妨贵,少陵长,远间亲,新间旧,小加大,淫破义,所谓六逆也。君义,臣行,父慈,子孝,兄爱,弟敬,所谓六顺也。去顺效逆,所以速祸也。君人者将祸是务去,而速之,无乃不可乎?'弗听,其子厚与州吁游,禁之,不可。"这段背景交代较长,是说卫国公子州吁受到卫国国君宠爱。州吁喜欢兵事,骄奢淫逸无所不能。大臣石碏多次谏言令其改过自新,但是卫君不为所动。其时,石碏的儿子石厚与州吁交好,石碏责斥其子,要求其子不要与州吁来往,但是石厚不听劝阻。

后面的故事就是,州吁与石厚密谋弑君篡位,杀掉其同父异母哥哥卫桓公,这也是春秋时期发生的第一起弑君"案件"。石碏出于国家大义,设计干掉了这两个逆臣贼子。当时的人称赞石碏道:"石碏,纯臣也。恶州吁而厚与焉。'大义灭亲',其是之谓乎!"

石碏为了维护国家大义,不惜牺牲父子私情。因此,"大义灭亲"这一典故后来被用来形容为了正义,对犯罪的亲属不徇私情,使其受到应得的惩罚。

这位播主想要表达的对亲情隐私的保护,其实在儒家典籍中也有论述。《论语·子路》篇中,叶公语孔子曰:"吾党有直躬者,其父攘羊,而子证之。"孔子曰:"吾党之直者异于是,父为子隐,子为父隐,直在其中矣。"孔子是说,对于偷羊一事,我们那里(乡党)是会父子相"隐",不去举报作证的。孔子这么讲,当然是出于对父子亲情、人伦常道的维护,而绝不是鼓励偷盗行为。《礼记·檀公》篇说:事君,有犯无隐;事亲,有隐无犯。这是讲,对于上级,要敢于直谏,不要隐瞒;对于亲情,要注重方式,该隐则隐,不要直接触犯,损伤人伦亲情。董仲舒在《春秋繁露》中讲"礼,子为父隐恶"。汉宣帝地节四年下诏曰"自今子首匿父母、妻匿夫、孙匿大父母(爷爷奶奶),皆勿坐"。"亲亲得相首匿"正式成为中国古代法律原则和制度。

"同居相隐不为罪"是唐律的重要刑法原则。即同财共居之人及一定范围的亲属之间,互相容隐犯罪者,可以减免刑事责任。其具体规定,一是同居者和大功以上亲属及部分近亲属相隐不负刑事责任;二是小功以下亲属相隐,减凡人三等论处;三是谋反、谋大逆、谋叛一类重大犯罪,不适用相隐之律。这是对汉律"亲亲得相首匿"原则的继承和进一步完备化、制度化。这也被视作儒家文化和道德建设被法律具体化的一种体现。

唐以后的法律都明文规定于律得相容隐的亲属皆不得令其为证,违反此规定的官吏是要被定罪和责罚的:唐、宋杖八十,明、清杖五十。明时规定原告不得指被告的子孙、弟、妻及奴婢为证,违者治罪。这"追责"的力度不可谓不重吧。

瞿同祖先生在其《中国法律与中国社会》一书中讲了个隋朝的事例,出自《隋书·刑法志》。"三年八月,建康女子任提女,坐诱口当死。其子景慈对鞫,辞云母实行此。是时法官虞僧虬启称:'案,子之事亲,有隐无犯,直躬证父,仲尼为非。景慈素无防闲之道,死有明目之据,陷亲极刑,伤和损俗。凡乞鞫不审,降罪一等,岂得避五岁之刑,忽死母之命?景慈宜加罪辟。'诏流于交州。至是复有徒流之罪。"这个叫景慈的南京小伙,当庭作证称,其母任提女实有贩卖人口的事情,但是法官虞僧虬说"子之事亲,有隐无犯",你这家伙平时不注意提醒防范你母亲的错误行为(素无防闲之道),现在又当庭作证,"陷亲极刑",违反了孔子教诲,实在是"伤和损俗",景慈小伙被处以流放之徒刑。

2012年修订的《中华人民共和国刑事诉讼法》第一百九十三条规定,经人民法院通知,证人没有正当理由不出庭作证的,人民法院可以强制其到庭,但是被告人的配偶、父母、子女除外。

笔者曾于刑诉法重修的当年撰写过一篇题为《免证特权是对人性基本价值的保护》的短评,择取其中部分:"'亲亲相隐'是儒家学说系统极具人性光辉的重要一极。它要保护的是人之纲常伦理的基本秩序，是维系家庭、社会感情纽带最温暖的支撑。家庭成员间的相互告发如若成为一种社会常态，即使是出于什么形而上的高尚目的，也会伤及人性中那些最细微的情愫，而这些最细微的情愫恰恰是人之所以为人的不可突破的维度……15年，中国文明进程的有力足步已被此次刑诉法大修所印证。"

人同此心，心同此理，其实"亲亲相隐"这一儒家原则早已被文明世界的大多数国家写入法律。但是这位视频博主恐怕不知道这一温暖的人性保护源流缘于何时何处，即妄下断语，就有些"无知者无畏"的味道了。

二

在最近的一个短视频中，看到一位"道士"博主讲"儒释道"，他认为儒家讲的"三纲五常"是教人做奴才云云，将儒家贬损到了泥淖之下。

其实这种说法非常具有普遍性，可以说已深植很多人的头脑之中，于是我不能不为儒家讲几句公道话。

在先秦儒家典籍中，"三纲五常"并未明确以完整的形式出现。只有在《论语·颜渊》孔子与齐景公的对话中，孔子讲了"君君臣臣父父子子"，这是因为齐景公"信用谗佞，赏无功，罚不辜"，君不像君，臣不像臣，实在是无所规矩。原文如下，齐景公问政于孔子。孔子对曰："君君、臣臣、父父、子子。"公曰："善哉！信如君不君、臣不臣、父不父、子不子，虽有粟，吾得而食诸？"深读过《论语》的人，都知道孔子对不同人的同一问题，比如问政、问仁、问礼、问孝等的回答是不一样的，这可不是孔子似是而非，而是"因材施教"，因为每个人的天赋认知、理解能力是不一样的。也就是孔子讲的"中人以上，可以语上；中人以下，不可以语上"，庄子也讲过，不可与井蛙语天、不可与夏虫语冰之类的话。

前章节已引《礼记》中所言，事君之道，要"有犯无隐"，这叫"直道而行"。在先秦儒家典籍里，这样的语类很多，如《论语·八佾》篇的"君使臣以礼，臣事君以忠"，儒家是讲义务的，上位者得先对下位者"以礼"，下位者才能对上位者"以忠"，这是相互的关系，而绝不是先强调下位者献义务，上位者只坐享其成。《论语·颜渊》篇讲："所谓大臣者，以道事君，不可则止（离开）。"这是讲事君要以"正道"，而不是奴颜谄媚；直谏不可，就要早早离开。《论语·先进》篇记述："子路问事君，子曰'勿欺也，而犯之'。"是说，不要对上级阳奉阴违、欺骗他，要直言进谏，哪怕触犯他。

孟子是大丈夫，在论及君臣之道时，他说："君之视臣如手足，则臣视君如腹心；君之视臣如犬马，则臣视君如国人；君之视臣如土芥，则臣视君如寇仇。"君臣之间的关系本应如此！

《论语·宪问》篇有这么一段记叙。"子路宿于石门。晨门曰：'奚自？'子路曰：'自孔氏。'曰：'是知其不可而为之者与？'"我一直认为这是非常重要的对话，它反映了普通如"晨门"（看守城门的人）样民众对孔子师徒的印象：这帮家伙是"知其不可而为之者"，即如孟子讲的"自反而缩，虽千万人吾往矣"，这是一群坚持真理、舍生取义的真勇者。

那么"三纲五常"又出于何时何处呢？首先讲"五常"，五常就是仁、义、礼、智、信，这有什么问题吗？难道现代文明拒斥这五种良好品德吗？当然不会，我们更多的是做不到呀，真要人人具有"五常"之德，现在不断出现的悖逆人伦之恶行，一定会遁隐消散吧！"循三纲五纪，通八端之理，忠信而博爱，敦厚而好礼，乃可谓善……"这是笔者读到的、最早出现的"三纲"一说，出自西汉董仲舒的《春秋繁露》。董氏的"三纲"源自阴阳之说，上位者是"阳"，下位者是"阴"。但是"独阳不长，孤阴不生"，只有天地相交、阴阳相合才是吉兆，所以《周易》"泰卦"阴阳相融的上卦。董仲舒进一步阐释说："凡物必有合。合必有上，必有下，必有左，必有右，必有前，必有后，必有表，必有里。有美必有恶，有顺必有逆，有喜必有怒，有寒必有暑，有昼必有夜，此皆其合也。阴者，阳之合；妻者，夫之合；子者，父之合；臣者，君之合。物莫无合，而合各相阴阳。阳兼于阴，阴兼于阳；夫兼于妻，妻兼于夫；父兼于子，子兼于父，君兼于臣，臣兼于君。君臣、父子、夫妇之义，皆取阴阳之道。君为阳，臣为阴；父为阳，子为阴；夫为阳，妻为阴。阴阳无所独行，其始也不得专起，其终也不得分功，有所兼之义。"这段话中的"阴阳无所独行，其始也不得专起，其终也不得分功，有所兼之义"很重要，君臣、父子、夫妻要相兼容，互相配合，而不是后来人们理解的"君让臣死，臣不得不死；父让子亡，子不得不亡"的独断冷血、专制霸蛮。此时此处的董氏"三纲"只是讲的君臣、父子、夫妻之古之大伦关系，尚无"某为某纲"之说。

"三纲者，何谓也？谓君臣、父子、夫妇也。六纪者，谓诸父、兄弟、族人、诸舅、师长、朋友也。故含文嘉曰：'君为臣纲、父为子纲、夫为妻纲。'又曰：'敬诸父兄，六纪道行，诸舅有义，族人有序，兄弟有亲，师长有尊，朋友有旧。'""某为某纲"之"三纲"就出自东汉《白虎通》里的这段话，但仍强调的是人之大伦关系。

《孟子·滕文公上》载："父子之亲，君臣之义，夫妇之别，长幼之序，朋友之信，皆人性所自有。"汉《白虎通》："三纲者何谓也？谓君臣、父子、夫妇也。六纪者何谓也？谓诸父、兄弟、族人、诸舅、师长、朋友也……故三纲正则六纪正，六纪正则万事皆正……即三纲而言之，君为臣纲，君正则臣亦正；父为子纲，父正则子亦正；夫为妻纲，夫正则妻亦正。故为人君者必正身以统其臣；为人父者必正身以律其子；为人夫者必正身以率其妻，如此，则三纲正矣。自古及今，未有三纲正于上而天下不安者，亦未有三纲紊于上而天下不危者，善计天下者，亦察乎此而已矣。"这难道不是对每一个人所处社会地位的道德义务要求吗？哪里能看出所谓的"奴才相"呢？

徐复观在其《中国思想史论集》一书中说："但在先秦儒家的伦理思想中，却找不出三纲的说法，而三纲说法的成立，乃在专制政治完全成熟以后的东汉，首先出现于由汉明帝御前裁决的《白虎通》，这在思想史上，是继《孝经》伪造以后的一件大事。秩序中有一个中心，有个一，这是自然的趋势。但若仅从这一方面来谈秩序，则此中心的一，便成为一种外在的权威，而秩序也成为以权威为基础的秩序……因此，儒家的伦理思想，只强调每一个人应尽的义务，以相互间的义务为秩序的纽带，而不强调此种秩序中心的一，乃至《白虎通》上所说的'纲纪'。义务是发自各人的德性，德性是平等的，所以义务也是平等的。因为是平等的，所以它是双方的而不是片面的。"徐复观先生的观点不可谓不深刻！

在该书中，徐复观先生对儒家的过往给予了客观公允的评价："这只能说是专制政治压歪，并阻碍了儒家思想正常的发展，如何能倒过来说儒家思想是专制的护（身）符。但儒家思想在长期的适应、歪曲中，仍保持其修正缓和专制的毒害，不断给予社会人生以正常的方向和信心，因而使中华民族度过了许多黑暗时代，这乃由于先秦儒家，立基于道德理性的人性所建立起来的道德精神的伟大力量。研究思想史的人，应就具体的材料，透入于儒家思想的内部，以把握其本来面目，更进而了解它的本来面目的目的精神。"

　　真要了解中华优秀传统文化中的真儒家，就要多读儒家原典原文，"以把握其本来面目"，而绝无他途可寻。当下的许多信息、知识获取渠道或许便捷，却极易被引至曲解歧途，以至以讹传讹、荒废思考，陷入真假莫辨、人云亦云的浅薄。足当记取！

2023 年

知止与进取

莎士比亚借《哈姆雷特》之口高呼："人是一件多么了不起的杰作！多么高贵的理性！多么伟大的力量！多么优美的仪表！多么优雅的举动！在行为上多么像一个天使！在智慧上多么像一个天神！宇宙的精华！万物的灵长！"文艺复兴对人性觉醒的呐喊当然是基于欧洲中世纪神权对人权无情压抑的痛疾翻覆。

但是面对今天自然资源的耗损，频发不去的生态灾难，我们真的还能以"万物的灵长"而自居吗？人类无论如何不能缺失三项思索：人与自然、人与人、人与自身的关系判断。识得谦逊克制之美、知道在何处何时停止是人与自然、人与人、人与自身和谐共处的共通之理，其实这也是"礼"之要义。老子的"知足不辱，知止不殆，可以长久"亦言于斯。

1986年的切尔诺贝利核泄漏事故造成了极严重的生态灾难。当人类足迹远离此地的二十多年以后，那里的自然生态得以极好恢复，野生动物数量成倍增长。今天我们的"围封禁牧""禁海休渔"举措，正是懂得"知止"之克制之道。中古时代的华夏先民，就已有了保护自然资源的意识。《礼记·王制》规定"果实未孰不粥（卖）于市，木不中伐不粥于市，禽兽鱼鳖不中杀不粥于市"，就是没有成熟的果实、没有长大的木材、尚幼小的禽兽鱼鳖都不能在市场上售卖。《礼记·月令》讲到早春时节时"东风解冻，蛰虫始振，鱼上冰，獭祭鱼，鸿雁来"。早春是万物生发的时令，"命祀山林川泽，牺牲毋用牝。禁伐木，毋覆巢，毋杀孩虫、胎、夭、飞鸟，毋卵"等。就是说，祭祀山川的牲畜不得用雌性的。禁止砍伐树木，不可倾覆鸟巢，不得杀害幼虫以及未出生或刚出生的动物和幼鸟等。《礼记》措置"十三经"之列，在"经"里甚至规定不得杀害幼虫，如此对自然的"知止"之礼，令人深思。

鲜有人自甘庸碌平常，不思进取改变，这一是源于教化，二是源于"夫美不自美，因人而彰"的比较。陪小女一道看综艺节目《中国好声音》，当参赛者泣诉不幸家史、直陈欲依参赛改变命运时，对其声音的关注反而成了不忍之次位，这样的追求急迫不也映射着当下一些人不识"知止"克制的浮躁味道吗？

执公权者一是要知道权力出处，即何人所赋；二是要识得权力的边界，即何处止步。读过些儒家经典的人都知道，彼时的儒者、士大夫们对君王的劝诫皆怀为苍生安宁之心，故极直接甚至严厉。《尚书》里希望君王："谆信明义，崇德报功，垂拱而天下治。"所以"垂拱而治"（垂衣拱手，以此谦恭安静状喻帝王无为而治）也一直为有德相师们谏诤君帝的治政价值择取。唐初名相魏徵曾上《谏太宗十思疏》，写道："总此十思，宏兹九德，简能而任之，择善而从之。则智者尽其谋，勇者竭其力，仁者播其惠，信者效其忠。文武争驰，君臣无事，可以尽豫游之乐，可以养松乔之寿，鸣琴垂拱，不言而化。何必劳神苦思，代下司职，役聪明之耳目，亏无为之大道哉！"汉初时，萧何去世后、曹参承继相位，却一无所为，甚至经常饮酒。惠帝"怪相国不治事"，以为"岂少朕与"？意思是你什么都不做，是瞧不起我吗？曹参见惠帝，说："陛下自察圣武孰与高皇帝？"惠帝说："朕乃安敢望先帝乎！"曹参说："陛下观参孰与萧何贤？"惠帝说："君似不及也。"曹参说："陛下言之是也。且高皇帝与萧何定天下，法令既明具，陛下垂拱，参等守职，遵而勿失，不亦可乎？"惠帝这回明白了说："善。君休矣！"曹参是说，你的治国之能和我的辅国之政都不如你我的前任，他们已经制定了很好的治国战略战术，我们一张图纸画到底，好好执行就得了。曹参为相三年后离世，百姓歌之"萧何为法，讲若画一；曹参代之，守而勿失。载其清靖（净），民以宁壹"。《汉书》对"萧规曹随"一事评价说："天下既定，因民之疾秦法，顺流与之更始，二人同心，遂安海内。"是啊，百姓刚从秦之苛法暴政里喘口气，这二位贤相予民安养生息就抵好了。

　　进取有为一定重要,知止暂驻、检索过往、"三省吾身"亦不可或缺。若进取需要勇气,知止就不仅需要勇气,还需要些敬畏、尊重和涵养。

2015 年

湛一,气之本

个人最喜欢的关于阅读的形容,是英国小说家毛姆所说的:"阅读是一座随身携带的小型避难所。"何处寻觅绝对的出世?人生总在"欲望不满足便痛苦,满足便无聊"(叔本华)之间摇摆。在世事纷扰、人生无常之时,阅读能给人带来忘记烦忧的独特平静。

有人说,读书多了容易形成内心成规偏见,其实那还是因为读得太少。现在有许多关于培养通识人才的讨论,旧式学人很多都是东西古今皆通晓的人物。即便是理工学者,在文史博艺方面亦皆有涉猎,有的甚至颇有建树。需要阅读的书太多了,而人生又如此短暂。所以庄子说:"吾生也有涯,而知也无涯,以有涯随无涯,殆矣;已而为知者,殆而已矣。"以有限的生命去追随无限的知识,会导致身心疲惫。那怎么办,难道不学习吗?庄子随后回答:"缘督以为经,可以保身,可以全生,可以养亲,可以尽年。""缘督"就是遵从天地自然的中正之道,并用它作为行事之途,就可以保护自身、保全生命、赡养父母、尽享天年了。儒家讲:"学而不思则罔,思而不学则殆。"这话是说,不能不读书，也不能死读书。虽然儒道二者对"殆"的指向看似相悖，其实也有共通之处，就是如现在人们常说的：不忘初心。道家担心过度的"文礼之饰"会伤害到人之"见素抱朴"的初心，所以老子讲："故失道而后德，失德而后仁，失仁而后义，失义而后礼。夫礼者，忠信之薄，而乱之首；前识者，道之华，而愚之始。是以大丈夫处其厚，不居其薄；处其实，不居其华，故去彼取此。"《庄子·知北游》亦有同样表述，都是强调大丈夫要保持朴实淳厚之"初心"，不要过于追求文礼之饰的矫情（不居其华）。儒道之争，甚至儒墨之争自古不绝，但其实儒道在"不忘初心"上亦有共情之处，孟子说："大人者，不失赤子之心。"老子也说："含德之厚，比于赤子。"

不忘初心，就是孔子说的："吾道一以贯之。"即对最初抉择的坚贞不二，可以驻足思索，但绝不首鼠两端。今年6月17日，在北京广播大厦一间不大的会议室里，钟南山、郑家强、王辰三位院士与60多位医院同仁聚会研讨，"其坐诊的对象只有一个：医患共同决策"。笔者从6月30日出版的《文摘报》（转自《中国青年报》"冰点特稿"）上认真阅读了题为《三院士的医患关系实验》的纪实特写报道，文中的思路观点一下子厘清了笔者心头对这一不熟悉领域的模糊认识。限于篇幅，只摘述该文几个让我印象深刻的片段。"现在的医患矛盾，是在替医疗改革行进速度太慢背黑锅。""有一次，林巧稚给学生出了一道考题：到产房观察一个产妇分娩的全过程，把所看到的要点写下来。收到答卷，林巧稚只在一个学生的卷面上批上'好'。当不解的同学围拢上去，看到这位同学比他们多写了一句'产妇额头上滚落下黄豆粒般的汗珠'时，一切都明白了。林老师是在告诉学生，走上临床的第一步就是要对患者的痛苦感同身受。"北京儿童医院的眼科大夫于刚与他的同事，去年一年接待了21万名患者，平均一天要看1600名病人。有时，他的问诊时间只有 分钟，尽管他的确没有时间与患者"共情""交朋友"，也会"看到抱着患儿的妈妈离开时，轻轻拍她的肩，说句别着急"。在这个发言踊跃的会议结束时，钟南山院士总结说："这是一个没有抱怨、充满了正能量的会，是温情的会，大家没有过多地谈医学技术，而在谈怎样'共情'，这个会是一个很好的开始。""这个冷静、克制的老人总结时，用了'感谢你！''大家要爱对方，爱患者！'这样的话。"

医者，仁术也。医者，当然是技术工种，但医者首先要具备仁心。这是中医自古至今的训诫秉承。古希腊亦有为从医者奉为圭臬的希波克拉底誓言："无论到了什么地方，也无论需诊治的病人是男是女、是自由民是奴婢，对他们我一视同仁，为他们谋幸福是我唯一的目的。"其实，无论从事何种职业，除却其技术层面的独特技能（器），还一定要具备共通的情感人文关怀（道），否则你的技术就会变为冷冰冰的职业专制。

近几年，我们亦可看到各种各样的宣誓，护士的宣誓、法官的宣誓等。这些林林总总的宣誓只有一个目的：牢记宗旨、不忘初心。《正蒙·诚明》篇讲："湛一，气之本；攻取，气之欲。"是说，清澈如一，是气的根本；攻击夺取，是气的后天欲望。其实，我们这个社会，无论何种从业者，若都能做到"吾道一以贯之"的澄明如初，社会就会简单许多，我们也自然会少一些纠结疲惫。

2015 年

核心价值观是民族筋脉强健的基石

当今世界，民族国家作为国家的一种主要形式，日益成为在世界舞台进行博弈的宣示方式。一个民族的形成、凝聚、繁衍注定会与其共同的文化信仰、精神认可以及不可割裂的核心价值体系密切相关。

一

探索一个族群的文化信仰、价值体系形成，离不开对其文明童蒙初始的认识。西方文明源自古希腊的城邦文明，其地缘政治的特点是典型的小国寡民：临海近水、面积局促、丘陵纵横、平原稀少、人口不多、商业发达，而城邦间各自为政，便于公共事务的民主裁决。彼时的古希腊城邦民众用手中的陶片放逐来决定公共事务，所以当时的民主形式被称作"陶片放逐法"。公元前594年，雅典执政官梭伦开始了一系列经济、政治、社会改革，史称"梭伦改革"：恢复了"公民大会"，一切公民都有权参加；设立了新的政府机构——"四百人会议"；设立了"陪审法庭"，每个公民都可被选为陪审员,参与案件审理等。东方文明滥觞所出中华文化,其地缘政治的特点与古希腊截然不同:深处内陆、平原广阔、地域辽远、人口众多、农业发达,自给自足的小农经济足以使普通民众处"庙堂"之高远亦得平常生计。与梭伦改革同时期的中华春秋时期(公元前770年至公元前476年),人口为希腊城邦的二十多倍,约两千万人,仅春秋五霸之一齐国的人口数量几乎就与希腊最大的两个城邦雅典和斯巴达的总量相当。苏格拉底当年站在广场、街道、集市上就可宣讲他的哲学主张,而年长苏格拉底八十二岁的东方哲人孔子却需要驰牛车、昼夜疾行奔走于各国推广复兴"周礼"。地缘政治的不同决定了当今世界两大文明类型的不同,而以当时的交通通讯条件来看,两大文明的碰撞几无可能。国学大师钱穆在其《中国历代政治得失》一书中对此有客观评价:"但我们要知道,中国的立国体制和西方历史上的希腊罗马不同。他们国土小,人口寡。如希腊,在一个小小半岛上,已包有一百几十个国。他们所谓的国,仅是一个城市。每个城市的人口,也不过几万。他们的领袖,自可由市民选举。只要城市居民集合到一旷场上,那里便可表现所谓人民的公意……中国到秦汉时代,国家疆土,早和现在差不多。户口亦至少有几千万以上……何况中国又是一个农业国,几千万个农村,散布全国,我们要责望当时的中国人,早就来推行近代的所谓民选制度,这是不是可能呢?"

二

以理性平和的心态看待我们的过往、现实和未来，是我们正视文明初创缘由的必要前提。数千年来，无论什么样的困厄苦难都不能折断中华民族生生不息的筋脉，其实横向看看其他民族亦大多如是。护佑一个民族繁衍不息、丝缕不绝的缘由一定是共同的文化价值、精神质素的认同。中国百姓安土重迁，乐叙同乡之谊、善结同族之缘，这都是乡土中国、宗法制度的古老情感遗存。中国百姓敬祖先、畏神明、爱好和平，"国之大事，在祀与戎"（《左传》）。《礼记》对天子、国君、卿大夫、士、百姓祭祀规格均有严格规定，所以彼时皇族会视时令行祭拜天地大礼，黔首百姓亦会常说"举头三尺有神明"。春秋战国时期，周室式微，群雄逐鹿，无数士人学子深为斯文崩塌、礼数残破、利欲四溢而锥心不已，纷纷著书立说、奔走游说，以期重塑正常的人伦仁爱诚信秩序——诸子百家奠定了中华民族正常的文化伦理根基。其后的"独尊儒术"、黄老学说的兴起、佛教的汉化更使儒释道成为绵延不绝的源流，贯穿于我们族群心理认同始终。

尽管老子、墨子等均对孔子学说颇有微辞，如老子继承者庄子曾在《知北游》中说"失道而后德，失德而后仁，失仁而后义，失义而后礼"，墨子更是辟出"非儒""节葬"等章节批驳儒学。但是，儒家学说关于纲常伦理等自成体系的论述更加符合一般百姓的日常心理，亦更易成为从庙堂之高到草野民间皆可奉守的行为准则。孔子以后，孟子、荀子以及汉代经学、唐代经学、两宋程朱理学、宋明陆王心学、清儒，以及现代新儒的加入，使儒家文明继承有续、蔚为大观。儒学"己所不欲，勿施于人"的忠恕观；"无求生以害仁，有杀身以成仁"的仁爱观；"道之以德，齐之以礼"的礼教观；"不义而富且贵，于我如浮云""见利思义"的义利观；"百行孝为先，百善孝为首"的孝行观；"和实生物，同则不继"的和谐观等，早已成为中华民族深入骨髓的价值持守。

登载于2月20日《人民日报》一篇题为《春秋有月读千年——再读孔子》的文章有如下论述："时光打磨机用两千多年的时间打造出仁、义、礼、孝、德、中、和等诸多儒家元素，镌刻在广袤神州楼阁宅院的门联匾额上，约定在古老国度的家训族规乡风民俗中，一直流进我们的血液，是我们民族道德星空的北斗七星。""诸子百家的合理成分被儒家兼收并蓄，儒家的仁爱忠恕与墨家的兼爱非攻、道家的道法自然、佛家的慈悲为怀、宋明理学家的民胞物与，一同构成中华传统文化的博大胸怀和深沉情感。"

三

经过三十多年改革开放、市场经济的洗礼，人们终于发现，物质的富足不会自动带来文化的觉醒、道义的塑造和更高层面共同价值观的建立。人们开始回溯源流，从国学传统中寻求启迪、从东西横向碰撞中汲取营养。《管子·牧民》载："礼义廉耻，国之四维。"《论语·述而》讲："德之不修，学之不讲，闻义不能徙，不善不能改，是吾忧也。"文化价值观之于国族，无异于血脉筋骨之于身体，焉可须臾或损。

2006年10月，党的十六届六中全会明确提出要建设社会主义核心价值体系，在全社会引起了广泛关注。党的十八大报告提出，要大力加强社会主义核心价值体系建设，"倡导富强、民主、文明、和谐，倡导自由、平等、公正、法治，倡导爱国、敬业、诚信、友善，积极培育和践行社会主义核心价值观"。富强、民主、文明、和谐是国家层面的价值目标，自由、平等、公正、法治是社会层面的价值取向，爱国、敬业、诚信、友善是公民个人层面的价值准则。社会主义核心价值观与中国特色社会主义发展要求相协调，与中华优秀传统文化和人类文明优秀成果相承接。

尽管中国历史上从来就不乏以"道统"训诫"治统"的经筵制度和相权涉政、君权虚置的行政模式，虽然"民为邦本，本固邦宁"(《尚书》)、"民为贵，社稷次之，君为轻"(《孟子》)这样朴素的民本思想亦被人门口相传，但是现代意义的自由、民主、法治（商鞅、韩非子的法家思想与现行法治精神相去甚远）这样的名词概念、思维意识是鸦片战争前没有的。《晚清二十年》一书的作者马勇曾说："其实，到宣统退位，清廷也不明白，天下从来就是天下百姓的这个道理。""春秋有月读千年——再读孔子"一文曾深刻地指出："儒家学说命运多舛。许多要素被发扬光大，一些精华被毁灭殆尽，不少糟粕被渲染放大，各种唯心成分如杂草丛生。譬如，僵化教条阻碍了思想解放，繁文缛节降低了社会效率，家族观念产生了裙带关系；譬如，强调整体而忽视个体，强调德治而懈怠法治，强调教化而放松刑罚，强调仁治而忽略制度；譬如，重精神世界而轻物质世界，重清谈理想而轻身体力行，重读书做官而轻奇艺巧技，重文事礼数而轻武备事功，重辩证思维而轻推理分析；譬如，实证意识、理性主义、科学精神相对薄弱；对现代文明感知迟钝，对西学东渐应对乏策，旧衣蔽体破帽遮颜，任凭雨打风吹去；对纲常关系绝对遵从滋生怯懦奴性，革命精神和批判意识相对短缺，等等。"

其实，我们亦不必苛求古人，因为即使是"至圣先师"孔子这样的人物也不能预见到今天世界发生的深刻变化——各国家、各民族的人们是如此细密地紧紧联系在一起。借人所长、弃我不足，将民族文化个性与他人优秀文明成果相融，才可能使实现中华民族伟大复兴的步伐迈得更加稳健。

2012年12月4日，习近平总书记在纪念现行宪法公布施行30周年大会上指出："任何组织或者个人，都不得有超越宪法和法律的特权。一切违反宪法和法律的行为，都必须予以追究。""宪法的生命在于实施，宪法的权威也在于实施。"2013年1月22日，在第十八届中央纪委第二次全体会议上，习近平总书记指出："要加强对权力运行的制约和监督，把权力关进制度的笼子里。"李克强总理在今年全国两会答记者问时提到，要努力做到让市场主体"法无禁止即可为"，让政府部门"法无授权不可为"。铿锵言辞表明了中央高层践行法治、平等、公正等社会主义核心价值观的决心。各级媒体亦纷纷挖掘推介献爱心、施善举、守信诺的"好人"，以期更好地践行诚信、友善的社会主义核心价值观。何时社会主义核心价值观的24个字真正成为国家、社会、公民个人信奉的行为准则和价值追求时，我们民族的筋骨才会更加强健，社会和谐氛围才会更加浓厚。

2013 年

在沉思的边缘

从心出发

中华文字的诞生是一场革命。革了谁的命？首先当然是革了愚昧的命，所以《淮南子》记载："昔者仓颉作书（造字），天雨粟，鬼夜哭。"仓颉造出文字的那一刻，天降福（粟米），鬼哭泣。中国的一个个不加组合的单体字本身就有意义，所谓"诸言语皆有根"。比如"息"，甲骨文是上面一个鼻子、下面几笔短画代表气息，后逐渐演变为现在的"自""心"结构。靠着树可以歇一下身（休），照视、收敛自己的内心才可以"息"。胡思乱想、欲念升腾、情绪外溢，你肯定睡不着，也不可能有真正的"息"。

朱熹说："心，统性情者也。"阳明先生更是阐述道："所谓汝心，亦不专是那一团血肉。若是那一团血肉，如今已死的人，那一团血肉还在，缘何不能视、听、言、动？所谓汝心，却是那能视、听、言、动的，这个便是性，便是天理……以其主宰一身，故谓之心。""身之主宰便是心，心之所发便是意，意之本体便是知，意之所在便是物。"阳明心学亦有四句教广为传世："无善无恶心之体，有善有恶意之动，知善知恶是良知，为善去恶是格物。"什么是良知？孟子讲"所不虑而知者，其良知也"，就是不用思考，存自天然本心的"知"。"孩提之童无不知爱其亲者"，这种"爱"不是谁教的，也不是思考得来的。孟子认为"人皆有不忍心之心"，看见孩童落井，即使不认识，也一定会有"怵惕恻隐之心"，所以"恻隐、辞让、羞恶、是非之心"是人之四端，无此四心"非人也"。"凡有四端于我者，知皆扩而充之矣，若火之始燃，泉之始达"，这就是"致（扩而充之）良知"。为什么它那么重要？因为"苟能充之，足以保四海；苟不充之，不足以事父母"。

一

前一阶段在外学习，来自京都的授课老师讲"中国文化是心的文化"，听后，颇有同感。佛教与中华本土文化再结合的禅宗对中国传统士人，尤其是宋明理学的影响深刻。探讨禅宗，自然离不开讲神秀、慧能的"身""心"偈语之辩。相比较神秀"身是菩提树，心如明镜台，时时勤拂拭，勿使惹尘埃"，六祖慧能"菩提本无树，明镜亦非台，本来无一物，何处惹尘埃"的偈语显然"技"高一筹。禅宗强调本自清净的自心圆满具足，其最终落实到自我心性的发现拯救上。这一理论直接导引了宋明理学的开端，促生了儒家学说在宋明时期的自我转化和自我突破，使得中国传统哲学出现了一次重大转折。六祖慧能是禅宗集大成者、开宗立派之人,他反对心灭出世的一切教条形式,他讲"不可沉空守寂,即须广学多闻,识自本心,达诸佛理,和光接物,无我无人"。只有广学多闻,感念天地苍生,明心见性,除却偏见,达至众生平等的"无我无人"境界,才能使正觉正念愈发光明。"若欲修行,在家亦得,不由(必)在寺","若不依此修,剃发出家,于道何益",他劝戒众生道:"心平何劳持戒,行直何用修禅。恩则孝养父母,义则上下相怜。让则尊卑和睦,忍则众恶无暄。若能钻木出火,淤泥定出红莲。苦口的是良药,逆耳必是忠言。改过必生智慧,护短心内非贤。日用常行饶益,成道非由施钱。菩提只向心觅,何劳向外求玄。"具足了平等、无差别的"平常心",又何必辛苦"持戒";行为端直、无偏无颇,又何用打坐修禅。慧能告诫世人,觉悟只能向自心觅求途径,与儒家心性之学,如孟子讲"尽其心者,知其性也;知其性,则知天命"如出同道,并为后来者王阳明再解构、再阐发、再创造,建树起儒家学说最后的高峰——心学,其影响之深远广泛未知有几。

"南朝四百八十寺,多少楼台烟雨中。"杜牧的《江南春》,虽为写景之作,却也道尽了彼时佛家的寂灭之像。儒释(佛)道及至轴心时代的百家争鸣,思想碰撞、言论迭出,独儒家一脉文化江山日益恢宏巍峨,这与其护佑的人伦秩序、忠恕仁道、至诚人性关联甚密。孟子批评杨朱、墨子学说"无父无君,是禽兽也"。北宋理学家程颢说："至如杨墨，亦未至于无父无君，孟子推之便至于此，盖其差必至于是也。"这是讲，他们倒未必真到了无父无君的程度，孟子只是说按照他们学说出现的偏差来推导，其结果必然如此。他批评佛家，没有那种没有道的物，也没有那种没有物的道（道之外无物，物之外无道），佛家提倡出家，是毁弃人的伦理，抛开地、水、火、风等日常事物（毁人伦、去四人）。学习佛教，性格呆滞固执者容易学得形容枯槁、死气沉沉，性格圆通疏达的人则会学得放纵恣意，这是佛教的狭隘之处（故滞固者入于枯槁，疏通者归于恣肆，此佛之教所以为隘也）。儒家的道则不是这样的，它主张按照人的本性行事（吾道则不然，率性而已）。他又讲孟子的"尽其心者，知其性也"与佛家的识心见性很相通，但佛家却没有讲如何"存心养性"，只是提倡出家，这是对道体的认识不足（彼固曰出家独善，便于道体自不足）。

湛若水用"五溺"概述王阳明精神求索生平：初溺于任侠之习、再溺于骑射之习、三溺于辞章之习、四溺于神仙之习、五溺于佛氏之习。正德丙寅，始归正于圣贤之学（儒家学说）。郭沫若先生评价王阳明说："王阳明是伟大的精神生活者，他是儒家精神的复活者。"杜维明先生甚至认为，王阳明是近五百年来儒家的源头活水。阳明先生在自述其艰苦精神求索之途时说："守仁（名守仁，号阳明）早岁举业，溺志词章之习，既乃稍知从事正学，而苦于众说之纷扰疲苶，茫无可入，因求诸老、释，欣然有会于心，以为圣人之学在此矣！然于孔子之教，间相出入，而措之日用，往往缺漏无归；依违往返，且信且疑。其后谪官龙场，居夷处困，动心忍性之余，恍若有悟，体验探求，再更寒暑，证诸五经、四子，沛然若决江河而放诸海也。然后叹圣人之道坦如大路。"他在放弃词章之学，转而思考哲学问题时，被众说纷纭的各类学说困扰，"茫无可入"。学习老（道家）释（佛家）之学说后，会然于心，以为这就是圣人之学。但是与儒家学说相比较，又发现二者差别很大，将老释之学应用于日常生活（措之日用），"往往缺漏无归"，来回思考，不得答案，就越发疑惑。被罢官居龙场，在居夷处困、动心忍性之时，日夜静思探求，将种种想法与儒家经典相印证，突然间豁然开朗，光明呈现，"沛然若决江河而放诸海也"，真正明了了儒学之道"坦如大路"。

　　王阳明一生经历了许多比孔子"困厄陈蔡"要艰难百倍的坎坷。正如他在自述中说到的，在研习佛老之学时，他以为找到了智慧人生、安放心灵的方法。但在西湖疗养身体时，于静思孤寂中，他却时时想念他的祖母和父亲，这一起念不是与佛教要求的"四大皆空"相悖离吗？忽一日，他突然明白"亲情与生俱来，如果真能抛弃，就是断灭种性"，此念一出，其如释重负。这也被认为是王阳明正式与佛道说再见的开始。

二

  各种学说或许有各种学说的道理，但王阳明追求的是能施于普遍人性、烟火人伦的日用功夫，在与他人的书信往来中，出现很多的词汇即是"日用"二字。"学问根本在日用，持敬集义工夫，直是要得念念省察。"（《答潘叔恭》）他反对死守教条、死抠文字，从而湮灭了天然心性之光明。"年来觉得日前为学不得要领，自做身主（心、精神）不起，反为文字夺却精神，不是小病。"（《答吕子约》）王阳明反对一味地枯坐守静，倡导在生活实践中磨炼克己制私的心志，陆澄问："静坐亦觉意思好，才遇事便不同，如何？"阳明先生答："是徒如守静，而不用克己功夫也。如此，临事便要倾倒。人须在事上磨，方立得住，方能'静亦定，动亦定'。"

  尧传舜"允执厥中"、舜传禹"人心惟危，道心惟微，惟精惟一，允执厥中"，这十六字心诀成为儒家道统之渊薮。人心极容易受到各种利益欲望诱惑，所以它"危"，道心就是天理（心即理），它是心之本体，唯有静心体会、认真探察，才能感悟它的精微玄妙、光明愉悦。王阳明《传习录》阐述道："未杂于人谓之道心，杂以人伪谓之人心，人心得其正即道心，道心之失其正即人心……天理人欲不并立，安有天理为主，人欲又从而听命者。"未被人之欲望遮蔽的称为道心，掺杂过多欲念的称为人心，人心归于光明之正位，就是道心，道心被过多欲念遮蔽了，就是人心，心只有一个，不存在天理（道心）为主，人的过多欲念又听命于天理的情况。"一个人是不可能既听从私欲，又听从道心的，必然两者择其一。而需要在这两者之间选择的考验，每天都会出现在我们的生活中，每个人每次做出的选择累积起来，就形成了他们的人生。"这段评析是朴实中肯的。

老子说："无执，无失。"不执着于一己之私念，就不会失去什么，也不会有什么干扰自己内心的平静。他还说："为道日损，损之又损，以至于无为。"损什么，当然是减损内心的妄念，人生不明白哪些地方做加法，哪些地方做减法，任由欲念升腾，触碰底线红线是早晚的事儿。萧惠问阳明先生："己私难克，奈何？"阳明先生答："人须有为己之心，方能克己，能克己，方能成己。"他又引用老子《道德经》里的话进一步阐述，美目使人目盲，美声使人耳聋，美味令人口爽，驰骋田猎令人发狂，贪念这些，就是"害汝耳、目、口、鼻、四肢"，又怎么说是"为己"。你真要是有"为己之心"，就应该知道目怎么视、耳怎么听、口怎么言、四肢怎么动，于非礼处克己。"汝今终日向外驰求，为名为利，这都是躯壳外面的物事"，已然抛弃了心之主宰。"这心之本体，原只是个天理，这个便是汝之真己。这个真己是躯壳的主宰。若无真己，便无躯壳。真是有之即生，无之即死。汝若真为着那个躯壳的己，必须用着这个真己，便须常常保守着这个真己的本体，戒惧不睹，恐惧不闻……这才是有为己之心，方能克己，汝今正是认贼作子，缘何却说有为己之心不能克己。"为满足躯壳欲望而无度逐取，这难道是有"为己之心"吗？这恰恰是对心之本体、天理公义的伤害！驱逐心贼，存养良知天理，这才是真正的"为己之心""成己"之正途。

阳明心学是注重实践（"知行合一""在事上磨"）的理性（克己制欲、心统躯壳）之学问。叔本华在其著作《作为意志和表象的世界》一书中说："实践理性在其真正含义上的最完美的发展，是人使用理性所达到的最高峰，这也正是人与动物最为显著的区别。"他引用古希腊哲学家厄披克德特的话："贫穷并非痛苦的根源，贪欲才是。"斯多噶派伦理学认为，只有获得内心的平和宁静才能达到幸福，而这种平和宁静的唯一基础是德行，这就是所谓"美德是最高善"的含义。孔子说："德之不修，学之不讲，闻义不能徙，不善不能改，是吾忧也。"叔本华在书中阐述斯多噶学派观点时说："斯多噶伦理学的主要宗旨就是将心情从所有这些幻觉及其后果中解脱出来，并用坚韧的不动心赐予人的心情来取代幻觉。霍内修斯在一篇著名的无韵古诗中就全部都是这种观点，'当你命运不济，不要一日忘却，坚持不要动心。你如幸运多福，一样不要乱来，避免快乐过度'。"王阳明考进士不中，遭人耻笑，他答道："尔等以落第为耻，我以落第动心为耻。"孔子说："饭疏食，饮水，曲肱而枕之，乐亦在其中。"吃着粗粮，喝着冷水，枕着胳膊睡，也能感到快乐，为什么呢？因为"不义"有违仁德，所以那样得来的"富且贵"，自然"于我如浮云"。孔子难道不喜欢富贵？当然不是，他说："富而可求也，虽执鞭之士（市场看门人），吾亦为之。不可求，从吾所好。"这是不起妄念，得不到那些富贵，那就做好我自己能够做好的事情吧。阳明先生居夷处困"动亦定，静亦定"的心志磨炼，坚守的正是不起私欲贪念的"心之本体"、良知天理。

有学者说应将《传习录》作为中国传统文化的《圣经》。这当然是源于对阳明心学极推崇之善意。但这也与阳明先生的为学初衷并不完全契合。心学当然是发源于儒家传统，但更是对传统儒学的再更新、再创造、再阐发。如"格物致知"，按朱熹解释，"格物"就是穷物究理，少年阳明连续七日不休不眠，对着竹子看，也没看出个所以然。他就已经意识到，传统的"格物致知"解释是不可实操的，一定有问题。"盖不忍牴牾朱子者，其本心也；不得已而与之牴牾者，道固如是，不直则道不见也。"朱熹当时的声望极高，绝对是"专家中的专家""权威中的权威"，但是阳明先生坚持真理之"道"，勇于挑战权威，因为"道固如是也，不直则道不见也"。"夫道，天下之公道也；学，天下之公学也。非朱子可得而私也，非孔子可得而私也。天下之公也，公言之而已也。"（《答罗整庵少宰书》）道是天下共有的，学也是天下公学，不是朱子、孔子的独断私学，当然大家都可以言说看法

（公言之）。

　　人们推崇王阳明，除了心学在当代及未来必然具有的非常意义，还在于王阳明"知行合一""直道而行"的楷模示范。习近平总书记高度重视中国优秀传统文化精神标识的挖掘整理、"创造性转化、创新性发展"工作，在纪念孔子诞辰2565周年国际学术研讨会暨国际儒学联合会第五届会员大会开幕会上，他强调："中国优秀传统文化的丰富哲学思想、人文精神、教化思想、道德理念等，可以为人们认识和改造世界提供有益启迪，可以为治国理政提供有益启示，也可以为道德建设提供有益启发。"

　　《孟子·尽心上》有言："仰不愧于天，俯不怍于人。"阳明先生辞世，有八字遗言："此心光明，亦复何言。"愿他的良知光明能够滋润充盈更多人的心田！

2022年

在沉思的边缘

传播中华之"礼" 佑护文化传承

阅读是件愉快的事情。当然这并非指对鸡汤、断句文的零星散乱阅读,此类阅读绝无心灵通透、神清气朗之感。

但也并不是每一次阅读体验都是愉快的,有些内容会令人心生压抑恐惧,例如《商君书》。商鞅无疑是伟大的改革者,但其对中华典籍、"士"阶层、人类正常精神欲求的仇视和污损,令人不寒而栗。其后李斯、秦始皇的焚书坑儒就是商鞅极端思想的延续,秦二世而斩,仅十四年国祚即烽烟再起,陈胜吴广起义、楚汉相争,生灵涂炭,这些悲剧难道与商鞅国策所导致的斯文崩溃无关吗?

经济、政治、文化、社会、生态"五位一体"协调发展,才能汇聚成百姓全方位的幸福感。优秀文化价值观的形成对凝聚人心,维护国运长久永固,无疑会起到重要的作用。

一

公元前361年,秦孝公登基,其时"周室微,诸侯力政,争相并。秦僻在雍州，不与中国诸侯会盟，夷狄遇之"。可以说，秦既无地利，亦无势强，欲从诸侯角力中突围而出，难度极大。秦孝公是个不甘人后、有所作为的国君，他想改变。他将公孙鞅（商鞅）、甘龙、杜挚三大夫召于御前商讨变法改革事宜。他讲"今吾欲变法以治，更礼以教百姓，恐天下之议我也"。这是他的顾虑：变法更礼，但怕天下人批评议论。商鞅慷慨陈词："疑行无名，疑事无功……圣人苟可以强国，不法其故；苟可以利民，不循其礼。"意思是：犹豫不决哪儿能建功立业，只要能强国利民，何必固守旧俗陈法。用现在语言讲就是，改革就得大胆，干就完了。商鞅又坚决反击杜、甘所谓"法古无过，循礼无邪"的陈词滥调，说"拘礼之人不足与言事，制法之人不足与论变，君无疑"。这些守旧之人不足为伍，别犹豫了，干吧。一番话激发了秦孝公的热血，"遂出垦草（开垦荒地）令"。

无血性何言改革、无坚持必无成功。在那个经济、社会形态单一的时代，商鞅具备改革开拓者所有的质素因子，他执政二十年，为百年后嬴政一统天下打下了坚实的物质基础。但是，对商鞅的评价自古以来就褒贬共存。司马迁承认商鞅变法使秦国"家给人足""乡邑大治"，但对其人总评为"商君，天资刻薄人也"。苏轼对其评价更低："秦之所以富强者，孝公务本力穑之效，非鞅流血刻骨之功也。"对商前辈彻底予以否定，并对其"流血刻骨"之严刑峻法充满鄙视，甚至说"言之则污口舌，书之则污简牍"。

《商君书·赏刑篇》提道，"杀人不为暴，赏人不为仁者，国法明也"，"圣人不宥过，不赦刑，故奸无起"。对有过错、触刑者绝无宽宥。"守法守职之吏有不行王法者，罪死不赦，刑及三族（还未九族）。同官之人，知而讦之上者，自免于罪，无贵贱，尸袭其官长之官爵田禄。"鼓励官员间互相揭发告密，无论揭发者的身份高低，只要揭发成功，就可以继承违法官员的官职。对草民施以亲人连坐受刑的震慑，"重刑，连其罪，则民不敢试"，然后对"刑民"施以"刺杀，断人之足，黥人之面（脸上刺字）"，因为他认为"禁奸止过，莫若重刑，刑重而必得"。"以战去战，虽战可也；以杀去杀，虽杀可也；以刑去刑，虽重刑可也。"（《画策篇》）假如以杀去杀、以暴易暴是人类止杀、制暴的择取方式，我们将生活在怎样可怖的至暗人世。

好在有孔子这样的明白人予以纠偏，他讲："导之以政，齐之以刑，民免而无耻。导之以德，齐之以礼，有耻且格。"单纯用政令刑罚整治民众，百姓可能因畏惧而不敢造次触刑，但一定会无羞耻之心；如果用道德礼乐引导教化民众，百姓就会知道羞耻并真心归服。大哲老子说："法令滋章，盗贼多有。"太史公对此点赞说："信哉是言也！法令者治之具，而非制治清浊之源也。"这二人讲得好，法令是治世的工具，而不是治世好坏的根本。人心是最大的政治，人心归化才是良政善世的最强护佑。

商鞅要求只鼓励、奖赏、提拔两种人：一是农耕者，这类人能生产粮食；二是打仗的人，这类人能开疆拓土。对于经商的要尽力打压，对于读书的"士"要灭绝。"国有礼、有乐、有《诗》、有《书》、有善、有修、有孝、有悌、有廉、有辩。国有十者，上无使战，必削至亡；国无十者，上有使战，必兴至王。"他把我们今天认为的优秀传统文化视作弱化民心的洪水猛兽，认为还是强力管用，"国好力，曰以难攻；国好言，曰以易攻"。同时说："国以善民治奸民者，必乱至削；国以奸民治善民者，必治至强。"没个三下两下，真弄不明白"奸民治善民"这套逻辑哪儿来的。他又将我们的优秀传统文化污损为"虱害"，认为这些"虱害"是蛊惑人心的东西，"读书越多越反动"，这些信奉"虱害"的家伙们聚拢成群就会影响统治安全，还是"民不贵学则愚，愚则无外交，无外交则国安而不殆"来得妥帖放心，甚或强力重刑、杀伐四方来得简单、管用、痛快。

费孝通先生评价说："商鞅变法，增加了政府所做的事情，也可以说实现了政治的能力，结果国富民强，打下了秦国统一天下的基础，但是商鞅在传统的批评下是被诅咒的，他个人的不得善终被视作天道不爽的报应。"（《乡土中国》）

我们不应该过分苛求古人，就像未来数百年后的人们也不应无视今天人们的艰辛求索、渴望突破，而总是做枝节上、非关键处的断章取义。一代人有一代人的功业，一代人有一代人的追求。

二

习近平总书记在今年春节团拜会上讲："我们隆重庆祝中国共产党成立一百周年，礼序乾坤、乐和天地，击鼓催征、奋楫扬帆，激发了全党全社会奋进新时代的磅礴力量。"礼序乾坤、乐和天地，礼乐承续正是我们中华民族优秀的文化传统。"入境而问禁，入国而问俗，入门而问讳。"（《礼记》）这是对他国文化风俗、他人习惯讳忌的尊重，同时也是对自己的尊重。动辄大呼小叫、踩踏留影、拥挤抢购，其无礼行为就不能不让人侧目非议。"己所不欲，勿施于人"，站在别人的立场上思考问题，叫"推己及人"。"孔子最注重的就是水纹波浪向外扩张的'推'字。他先承认一个'己'，'推己及人'的'己'，对于这个'己'，得加以克服于礼。克己就是修身，顺着这同心圆的伦常，就可向外推了。"（《乡土中国》）循礼（或可叫有礼貌）就需要克制自身，不能由着性子来。"礼"，不是孔子的发明，因为孔子讲"周监（鉴）于二代（夏商），郁郁呼文哉，吾从周"。克己复礼，他要恢复、发扬的是"周礼"。我们惯常教育孩子要懂礼貌，见了人要打招呼，去了别人家不能横躺竖卧、抠鼻跷腿、乱蹦乱跳，要坐有坐相、站有站相，这难道不需要自我克制吗？

鲁迅是反封建的真勇士，他曾将封建礼教称作"吃人的礼教"。身处新旧交替的变化时代，这样的决绝精神对于推翻旧时代的束缚至关重要。但是那个扭曲的所谓"礼教"却绝对不是"礼"之本意。孔子曾与几个学生交谈，问各自志向兴趣，曾点说："暮春者，春服既成，冠者五六人，童子六七人，浴乎沂，风乎舞雩，咏而归。"暮春三月，几个大人孩子，在沂水嬉戏游玩，在舞雩台吹风，然后唱着歌回家。多么自由美好的画面，孔子表示赞赏，说明崇礼尚德与自由通达绝对不是对立不容的。

明代思想家李贽反对传统束缚，呼吁尊重个人合理欲望追求，斥责伪道学家为"阳为道学，阴为富贵，被服儒雅，行若狗彘"的两面人。反对封建等级制，提出"庶人非下，侯王非高""天子庶人壹是无别"。可以讲，在当时的皇权压制统治时代，李贽的思想言论异常大胆，惊人心魄。在其《童心说》中，他提出："夫童心者，真心也；若以童心为不可，是以真心为不可也。夫童心者，绝假纯真，最初一念之本心也。若失却童心，便失却真心；失却真心，便失却真人。人而非真，全不复有初矣。"他提倡人要保持童心、初心、真心，维护"最初一念之本心"，从而做"真人"。"夫六经《语》《孟》，非其史官过为褒崇之词，则其臣子极为赞美之语，又不然则其迂阔门徒，懵懂弟子，记忆师说，有头无尾，得后遗前，随其所见，笔之于书，后学不察，便为出自圣人之口也……孰知其大半非圣人之言也。"有些史官、臣子只是捡拾经籍中好听的讲与"圣上"，或者那些迂阔懵懂弟子只是将圣人的话掐头去尾、断章取义说与他人，但"其大半非圣人之言"。

洪武大帝建明朝，初读《孟子》中的"民为贵，社稷次之，君为轻"等章句时，心生惊悸，甚至想要删节或禁毁。遭群臣力谏，甚至有以命相搏者。洪武帝没想到这些看上去皮薄面善的读书人竟如此决绝，只得命人重新删节为《孟子节文》，把那些不中听、不顺耳的话全都取消。在那些个皇权至上的封建时代，这样毁弃经籍或随意删节、唯存顺耳之言的事例很多。其恶果是造成今天很多的以讹传讹、一叶障目、以偏概全、视听混淆，对优秀传统文化传播造成阻滞曲解。

孔子复礼传道是痛心于当时天下的诸侯纷争、僭越成风、礼崩乐坏、民心无依。他反暴力、反恃强凌弱、反见利忘义、反朋比为奸，希冀重建彼时尧舜禅让、周礼淳厚的和合秩序，希冀实现老有所养、壮有所用、幼有所教，贫疾者有所抚恤，路不拾遗、夜不闭户的天下大同。其宅心之仁厚光明，鉴耀古今。"鹦鹉能言，不离飞鸟；猩猩能言，不离禽兽。今人而无礼，虽能言，不亦禽兽之心乎？""是故圣人作，为礼以教人，使人以有礼，知自别于禽兽。"（《礼记》）对于当时那些无德争强、无视民瘼民艰的君侯们来说，这些狠话，毫不过分。

三

什么是礼？"夫礼者，所以定亲疏、决嫌疑、别同异、明是非也。礼，不妄说人（不随便取悦人），不辞费（不说多余的话）。礼，不逾节，不侵侮（不侵扰污辱人），不好狎（不与人过分亲昵）。""行修，言道，礼之质也。"儒家典籍里有许多关于君子、小人（非完全为当下我们说的小人，有时指普通民众，相对于"士"而言）的定义说法，如"君子喻于义，小人喻于利""君子怀德，小人怀土；君子怀刑，小人怀惠"等。将君子有礼讲得最妥帖的，应是："质胜文则野，文胜质则史，文质彬彬，君子也。"天生质朴本性不加文饰节制，就显得粗野；过分以文饰压制质朴本性就显得虚伪，二者搭配得当（彬彬），才是有礼君子。从此句亦可看出，儒学之"礼"绝无压制人之天然质朴本性的意思。"礼之用，和为贵"，这里的"和"是恰当、符合规范之意。

传统中国社会是乡土社会，乡土社会是注重"差序格局"的"礼治"社会。费孝通先生在《乡土中国》一书中讲："礼是社会公认合式的行为规范。如果单从行为规范一点来说，本和法律无异，法律也是一种行为规范。礼和法不相同的地方是维持规范的力量。法律是靠国家的权力来推行的。'国家'是指政治的权力,在现代国家没有形成前,部落也是政治权力。而礼却不需要这有形的权力机构来维持,维持礼这种规范的是传统。"他同时在该书中对旧时不"合式"甚至残忍的部分有着清醒的认识。"譬如在印度有些地方,丈夫死了,妻子得在葬礼里被别人用火烧死。缅甸有些地方,一定要去杀几个人头回来,才能完成为成年礼而举行的仪式。我们在旧小说里也常读到杀了人来祭旗的军礼。""礼"当然也应沿"合式"之途与时俱进,秦兵马俑以土筑为俑,已然是不依殷商"人殉"为葬制的进步。废缠足、剪长辫,整治污染环境的陋习,倡导节俭,都是对传统中不合理部分的改革。

今年的一号文件提出全面推进乡村振兴,在乡村治理等工作部署中,有如下表述:"健全党组织领导的自治、法治、德治相结合的乡村治理体系","加强农耕文化传承保护,推进非物质文化遗产保护利用。推广积分制等治理方式,有效发挥村规民约、家庭家教家风作用,推进农村婚俗改革试点和殡葬习俗改革,开展高价彩礼、大操大办等移风易俗重点领域突出问题专项治理","完善耕读教育体系"等。这些表述,彰显了中央、国家层面护佑优秀文化传统和改造剔除那些不合理陈规陋俗的决心。

许纪霖在其《脉动中国——50堂传统文化课》一书开篇讲:"经过几十年的痛苦探索,现在才终于明白,'传统'不是一件外衣，想脱就脱，想穿就穿。中国传统内在于民族的生命之中，内在于每个中国人的血脉之中。"或许你日用不觉，中华优秀文化传承早已融入你日常生活、行为举止的方方面面，展现出其越来越广泛的影响力。

2021 年

那时芬芳

忏悔与反省

"忏悔"一词源于佛教用语，是说人对所犯错误的真心悔过。晋人郗超在《奉法要》中讲"每礼拜忏悔，皆当至心归命，并慈念一切众生"。佛教于中国汉朝传入，所以"忏悔"一词不见于先秦诸子典籍。

忏悔源于人的主观理性，是人心去伪去佞、善念悲悯升腾的结果。人做了坏事可以忏悔，没做坏事，起码没有做别人认为的坏事也需要忏悔吗？有一个人就认为他需要忏悔，这个人就是列夫·托尔斯泰。托尔斯泰出生于"家里有矿"的贵族家庭，1851年至1854年在高加索服役期间开始写作。1863年至1869年创作了长篇历史小说《战争与和平》，1873年至1877年经12次修改，完成其第二部里程碑式巨著《安娜·卡列尼娜》。有的人是生前籍籍无名、穷困潦倒，死后才被人认知并获无上声誉，比如梵高；有的人是生前即已名满天下，为世人景仰，比如托尔斯泰。就在托氏抵近世人逐取的人生巅峰、获得巨大成功的时候，他却深陷自我怀疑、自我批判之中，1879年至1882年，他完成了《忏悔录》一书。

一

"我被人们冠以'杰出的艺术家和诗人',我自然而然接受了这种说法。但实际上,作为艺术家、诗人,我笔耕不辍,教书育人,却不知道教的是什么。这不妨碍人们因此给我金钱,让我拥有锦衣玉食、豪宅美女和显赫的社会地位。时间久了,世人都认为:只要我教的,就是好的。""看啦,已经非常优秀了吧,萨马拉庄园有6000俄亩土地,还有300匹骏马……你还奢望些什么呢?""看啦,已经很优秀啦,什么果戈理、普希金,英国的莎士比亚,法国的莫里哀,乃至世界所有的著名作家,都赶不上你的名气。"

在今人看来,托氏已然名利双收,俨然已成为人们眼中的人生赢家。他完全可以如某些成功人士一样,讲讲成功学,谈谈人生之道,附会世贵,灌输些不知所云、不痛不痒、自己都说服不了自己的"心灵鸡汤"。在众人的艳羡吹捧中快乐又愚蠢地生活,最后觥筹交错间满意地剔着牙说:"一切都是最好的安排。"

但是托氏却突然陷入了惶恐、愧疚之中,反问道:"然而这一切又能怎样呢?""对于这些问题,我往往不知道如何作答。但又不能避而不答,因为如果找不到答案我就没法继续活下去。然而,并没有找到答案。""最终,这些困惑和迷失全部消失了,生活依旧。但是,这种状态反复出现,并且发生的频率越来越高,而且往往指向同样的问题:什么是生命的终极追求?生命之舟到底驶向何方？""为了什么而活？这个问题简单得不能再简单，却困扰着我，令我迷茫、沮丧，甚至丧失理智。"

"出现这种状况的时候，我无论哪方面都被世人认为是真正幸福的，我年龄不到 50 岁，妻子善良温柔，与我两情相悦，儿女优秀，家有良田万亩，只需坐收租金即可，亲戚朋友都前所未有地尊重我，世人也争相赞美我，而我确信自己的声望名副其实。"

但是寻求生命终极目的的思索鼓鸣，却迫使他不停地进行着自我怀疑和自我批判："除了梦幻般的生活和缥渺的幸福，以及无法逃脱的死亡，生命的真相还包括什么？我的生活迟滞不前，我是一个可以呼吸，可以吃、喝、睡觉的活人，同时又是一具不能呼吸，不能吃、喝、睡觉的行尸走肉。我追求满足欲望的举动已经被认为是不理智的，无论何种欲望，不论能否满足，最终的结果都将归于虚无。""我们很可能陷于世俗生活之中不能自拔，苟且偷生，今朝有酒今朝醉，然而一旦大梦醒来，会发现这一切彻头彻尾都是欺骗，全都是愚蠢的谎言。"

二

《道德经》载："五色令人目盲；五音令人耳聋；五味令人口爽；驰骋畋猎，令人心发狂；难得之货，令人行妨。"物质的逐取、利欲的诱惑、音色的泛滥会使很多人丧失对生命意义的静心思索，而是"脚踩西瓜皮，滑到哪里算哪里"的随波逐流。几乎一切先贤都反对人的欲望的不加节制，也清楚看到，欲望泛滥可能给人类带来的极大危害，这种危害，即使今天也随处可见。孔子说"克己复礼""以约失之者鲜矣"，这是讲克制和自我约束的重要性。老子说："不尚贤，使民不争；不贵难得之货，使民不为盗；不见可欲，使民心不乱。"托氏在《忏悔录》中，引用苏格拉底临终之语："只有当我们越远离生命，才越接近真理。我们热爱真理，而穷尽一生究竟为了追求什么？不就是为了摆脱肉体本身的罪恶，摆脱肉体产生的所有罪恶吗？如果是的话，当生命即将终止的时候，我们还有痛苦吗？"孟子说："饮食之人，则人贱之矣，为其养小以失大也；饮食之人无有失也，则口腹岂适为尺寸之肤哉？"难道我们吃饱喝足就只是为了肉身之"小"，而可以忽视精神追求之"大"吗？只注重小的方面，而忽视更重要的方面，是会被人轻视的。老子说："吾所以有大患者，为吾有身，及吾无身，吾有何患。故贵以身为天下，若可寄天下，爱以身为天下，若可托天下。"超越个人私欲，以天下为己任，是何其重要。

托氏在《忏悔录》中说："在人的内心深处，永远存在一个要求，那就是努力使生命变得幸福，给生命赋予理性意义。那种只盯着死后的生命，或者只顾个人幸福而再无别的打算的生命，是作恶的，荒唐的。""个人生命幸福不可能存在于以下情形：其一是寻找个人生命幸福的人与人相互间的争斗；其二是令人厌烦、痛苦和浪费时间的骗人的娱乐；其三是死亡。但是，如果运用思想设想一下，将追求的幸福由个人的变为其他生命的，幸福的不可能性便会消失。抱着追求个人幸福的生命观念来观察这个世界，人们目之所及必然是为了生存展开的、毫无理性的斗争和残杀。"

三

在托氏《忏悔录》面世前的一百年，卢梭的自传体《忏悔录》在其去世后于 1782 年开始陆续出版。其以巨大无比的诚实勇气，将自身的善与恶、丑陋与高尚、软弱与坚持不加保留地撕裂暴露给世人，令人震撼不已。儒家讲"知耻近乎勇"，的确如此。1794 年，卢梭的灵柩被移入法国先贤祠，以纪念他对启蒙运动和法国大革命的贡献！

虽有家境出身、个人成长境遇的诸多不同，但是托尔斯泰与卢梭对底层人民始终抱有的谦逊与悲悯之心却是一样的。托尔斯泰在其《忏悔录》中说："我们总自认为聪明，在领悟生命意义时却常常迷失自己，认为我们经历的苦痛和死亡是狠毒的嘲弄；与此相反，劳动人民默默地忍受困难，坦然面对死亡，甚至更多的时候带着欢乐的笑意。在我的生活圈子里，极少有人能平和、坦然、勇敢地面对死亡；与此相反，那些劳动人民很少死于忧郁、背叛和不幸。""我将视野范围逐渐扩大，观察过去到现在的无数人的生活，发现那些掌握了生命的意义、明白何为生死的人不只是屈指可数的几个或十来个，而是成千上万甚至数百万个。他们的个性、智商、文化程度以及社会地位各不相同，却一点儿不像我这般无知，他们了解生死的意义，却平静生活，默默劳作，忍受贫苦，接受困境，无论活着还是死去，在生与死之间，他们看到的都是善良，而不是虚无。"

那些平凡善良的人、那些足踏大地的人、那些朴实不虚妄的人，正是托氏良知所依、善念所系，并成为给予其生命启示的不二力量。托尔斯泰知行合一，彻底摒弃了贵族生活，归隐农庄，着粗衣褐服，手持木耙，辛勤耕作，空闲时仍记录生活、笔耕不辍。甚至改变生活习惯，弃荤食素二十余年直至生命终点。伟大的批判现实主义画家、曾创作《伏尔加河上的纤夫》的列宾曾为托尔斯泰创作《托尔斯泰在耕地》《赤足的托尔斯泰》等画，画中，我们可以看到托尔斯泰持犁耕作和在林中赤足深思的生动形象，令人印象深刻。在《忏悔录》一书的最后，托氏说："人的生命在于追求幸福，而他所追求的也正是生命给予的。不朽的生命只能是善的幸福。"

1928年，奥地利作家茨威格游历俄罗斯，拜谒托尔斯泰墓地后，创作了感人至深的散文《世间最美的坟墓》："这里，逼人的朴素禁锢住任何一种观赏的闲情，并且不容许你大声说话。风儿在俯临这座无名者之墓的树木之间飒飒响着，和暖的阳光在坟头嬉戏；冬天，白雪温柔地覆盖这片幽暗的土地。无论你在夏天还是冬天经过这儿，你都想象不到，这个小小的、隆起的长方形包容着当代最伟大人物当中的一个。然而，恰恰是不留姓名，比所有挖空心思置办的大理石和奢华装饰更扣人心弦。"

孔子讲"吾日三省吾身"，无反省何来进步；《周易》"震卦"卦辞有"震来虩虩，恐致福也"，无惊惧敬畏，何来生命的警觉；《中庸》开篇即讲"戒慎乎其所不睹，恐惧乎其所不闻；莫见乎隐，莫显乎微，故君子慎其独也"，无保持警醒，何达到道德修养的高标准要求。

如果忏悔与反省能够成为"时时勤拂拭"、掸去心灵尘埃的常态，良知的火炬才可能光灿无碍！

2024 年

雪落北国

后来听电台播出的天气预报才知道,那天的大雪是十多年不遇的大雪。雪花仍在飞舞的清晨,我站在高处房间窗户上向下看,心中蓦然想到,老母亲今天恐怕不能出去遛弯了。

对面楼房一楼阳台与地面缝隙间的空当处,被几只流浪狗据为巢穴。一只狗从巢穴中爬了出来,在没腿的雪地里走了几步,又垂头丧气地返回了巢穴。在这样的大雪天里,它们的觅食将面临极大的困难。前几天的午后,在冬日的暖阳里,瘦骨嶙峋的流浪狗妈妈躺在地上惬意地眯着眼睛,任由几只狗崽子在她的身上爬来爬去。再凄寒的生命也有瞬间的温暖。

今年的降雪要多过往年,在干凛的北方,不考虑给交通带来的障碍,这应该是幸福的事。前段时间的降雪天里,我对伏案苦学的女儿说:"出去拍个雪景照片吧,前几年都拍了,今年还没有拍。"她虽有些因懒惰而生的不情愿,还是禁不住我的一再催促,穿外衣和我下楼出门。

正是黄昏。在楼宇对面、城市广场的松林间,我给她拍了几张正面照。她就要求我拍她的背影和透过松枝、映在她身上的夕阳残照的侧影,她有些得意地说:"这才有艺术性。"我只得调大光圈,甚至动用闪光灯。就想:有这样感觉的孩子,内心或许有一些忧郁的情绪吧。

每一个为人父母者,都希望自己的孩子心中始终充满阳光,快乐成长。但其实,孩子的成长还会受到周围环境的影响。他们身边每一个人的思维言行都是社会及他人的反射体,也都会作用于他们的判断,就如同这黄昏时松间的斑驳光影。唯有让孩子们始终葆有永不麻木的好奇和生生不息的善念,他们才可能得到他们想要的未来,这或许就是教育的本质所在,也是每一个成年人必须谦卑的缘由。

我们不可能创造一个屏蔽他人和社会的真空地带供孩子们生存成长。我们面对的"他人"永远存在诸多的不可知性或是否可以兼容的不确定性。西方文化传统中强调自我,对"本我"与"客体""他人"的不兼容,有诸多文学描述,如契诃夫的《套中人》、卡夫卡的《变形记》、萨特的《禁闭》。"你站在桥上看风景,看风景的人在楼上看你,明月装饰了你的窗子,你装饰了别人的梦。"这梦可不一定都是美梦。萨特说过一句颇有些幽默意味的话:"在这一生里,我们是被他人界定的,他人的凝视揭露了我们的丑或耻辱,但我们可以骗自己,以为他人没有看出我们真正的样子。"儒家对自我修行,讲慎独、慎微的"中和"克制,

"克己"之途就是"礼乐"。对他人讲"仁"（二人为仁）、"信"（无信不立），讲"己欲立而立人，己欲达而达人""己所不欲，勿施于人"的忠恕之道。王阳明给了我们这样一条善恶认知取舍之途："无善无恶心之体，有善有恶意之动，知善知恶是良知，为善去恶是格物。"生命之初没有善恶分别，这是"心之体"；即至成长，在与社会、他人的接触中生发出善恶莫辨的"意之动"；心底的"良知"会让我们"知善知恶"；后天的"格物"才可能让我们"为善去恶"。"格物"需要"学而时习之"，需要教育，从而思索、从而智慧、从而升华。王阳明无限信奉本心善念生发的作用，所以他说："心即理"，"天地虽大，但有一念向善，心存良知，虽凡夫俗子，皆可为圣贤"。萨特也依存本心行事："我是个百依百顺的孩子，至死不变，但只顺从我自己。"我想，他的"顺从"也一定有"良知""善念"的存在吧，否则他说的"对于过去我无能为力，但我永远可以改变未来"就只能是句处处碰壁的空话。

　　人类既从大自然中索取，也从大自然中接受启迪、感悟七情之变。时移世易，沧海桑田，但听雨观雪却始终是"今人不见古时月，今月曾经照古人"。兰波当年苦思爱情诗，却只写出一句："雨，从城市上空轻轻飘落。"细腻是诗人的基本功，也是上天赐予诗人异于常人的禀赋，它或许让诗人痛苦，却给阅读者庸碌的生活、平常的视野带来了亘古不散的幽香。比如顾城的小诗《感觉》："天是灰色的，路是灰色的，楼是灰色的，雨是灰色的，在一片死灰中，走过两个孩子，一个鲜红，一个淡绿。"如此强烈的对比，让人感觉到孩子在这"一片死灰中"，"鲜红""淡绿"纯真生长的美好和希望。读过些书、尚存青春记忆的人，说到"雨"一定会想到戴望舒的名篇《雨巷》："撑着油纸伞，独自彷徨在悠长、悠长又寂寥的雨巷，我希望逢着一个丁香一样，结着愁怨的姑娘。她是有着丁香一样的颜色，丁香一样的芬芳，丁香一样的忧愁……"而那些饱经人情冷暖、世态炎凉的心灵此时却更能从宋词人蒋捷的《虞美人·听雨》中参透生命的苍况："少年听雨歌楼上，红烛昏罗帐。壮年听雨客舟中，江阔云低、断雁叫西风。而今听雨僧庐下，鬓已星星也。悲欢离合总无情，一任阶前、点滴到天明。"

雪的晶莹洁白、飘飘洒洒，不会给人带来雨的那般忧郁、寂寥和愁怨。雪多自北国，自然充满了雄浑之气。"燕山雪花大如席"是李白的豪迈；"月黑雁飞高，单于夜遁逃。欲将轻骑逐，大雪满弓刀"是卢纶的男儿血性；"北国风光，千里冰封，万里雪飘，望长城内外，惟余莽莽"尽现伟人的胸襟气度。"大雪压青松，青松挺且直，欲知松高洁，待到雪化时"是志向；"梅须逊雪三分白，雪却输梅一段香"是优雅；"绿蚁新醅酒，红泥小火炉，晚来天欲雪，能饮一杯否"是情趣……

或许，如女儿一样的后辈，终有一天会体味"听雨僧庐下""点滴到天明"的寂寥无奈。但是，我想总会有雪的飘落，瘗埋污浊，让世界充满"鲜红""淡绿"。

2015 年

大风吹

有一首当下很火的流行歌曲叫《大风吹》，尤其是副歌部分，听着挺给力。但对于生活在北地之人来说，喜欢大风吹的人肯定不多，因为风往往带来沙，吹得灰头土脸，十分不爽。

一

小时候，每逢风沙天，回家后，父亲总是先让我们在楼道里扫净身上的浮土，然后才能进屋。扫土工具是一把长约一尺的小扫帚。这些年，因扶贫及其他工作，经常去农村，有一点感触很深，就是很多贫穷的家庭，在窗台向阳处也会养几盆草花，而且花朵开得都很鲜艳。我想，即使生活贫寒，人们也希望自家的陋室洁净温暖。少时，我家住的是苏联人援助建工厂时，建设的三层楼的住宅"小区"。将小区加双引号，是因为那时还没有小区这样的词汇概念。那一片住宅区叫"五万米"，应该是整个住宅区的面积有五万平方米吧。说是住楼房，其实哪儿能与今天的楼房条件相比。

回家后，第一件事就是先去厨房生火，程序是：先将劈柴燃着，然后在其上放煤，在煤灶上坐上锅，拉动风箱吹风，让火焰更旺盛。当然，这个事情，总是父母来干，记忆里，我做的最多的，也是比较抵触的就是拉风箱，因为费力。这一过程，会产生大量的煤烟，尽管有烟道，但家家做饭，烟道拥堵，且彼时的建筑水平哪儿能考虑那么精细呢。所以煤烟四溢，再与做饭时的油烟相混合，十分呛人。只能打开窗户散烟，逢生火做饭，父母定会大声喊："把屋门关上。"

在我写作的文章里曾提到过《易经》"家人卦"，其卦象就是下风（巽）上火（离），正是埋锅造饭之意象。有时放学晚了回家看到楼顶烟囱冒着炊烟，就会生出一种温暖。"故人具鸡黍，邀我至田家。绿树村边合，青山郭外斜。开轩面场圃，把酒话桑麻。待到重阳日，还来就菊花。"传统的中国社会是农耕社会，所以文化典籍呈现的大多是农耕意趣，炊烟升起不会是今天城市能够看到的情境，我童年时的城市也实在不能称作现代意义上的城市。就比如包括我们家在内的很多城市人养鸡，每天去楼下自家盖的闱院里（今天属私搭乱建）喂鸡食料，捡拾鸡蛋，改善生活。

二

风沙天，除要求我们回家先要扫去身上的尘土，父亲还会打一盆水，泼洒楼道，抑制扬尘。在那个物质、精神极度贫乏的时代，我没再看见其他人家有这样的行为。这和前述农家养花事情，我想，或许都有某种精神共通之处吧。

我爷爷辈是闯关东、由山东到的东北，那时父亲还年幼。我曾看过他少时的一张家庭合照，几个男人都是光头，腰间扎着类似于草绳子的东西作束缚之用，典型的赤贫阶层、无产阶级。他成长于哈尔滨市的依兰县，我年少时，多次听他说过齐齐哈尔、伊春等地，从他断续讲述中最直接的感觉就是彻骨的寒冷。我从小就知道东北三件宝：人参、貂皮、乌拉草，当然也是源于他的讲述。这三宝皆为壮阳、御寒之用。曾在广西工作过数月，极热时节，见当地人拿着瓶子或其他器皿在路边排队买一种饮品，一问，才知道那东西叫凉茶，作降暑解湿毒之用。可见地生万物，南北各异，也是因自然安排、人之需求不同。他讲，小时候过年，最好的是能吃一顿白米饭，用鞋底子类的耐磨物将大米壳搓掉，然后洗净大米，焖饭吃。因无钱上学，他很小的时候就在哈尔滨伪满洲国工厂做工。中华人民共和国成立，包头迎来了工业大发展，在全国各地招募技术工人，他就从东北来到包头，从一名技术工人，成长为工厂的干部。

童年经历、生活环境对人的影响是终身难以磨灭的。父亲自幼家庭穷苦，所以一直十分节俭，记忆里他一直都穿着一件涤棉面料的深蓝外衣。其中一件，直到洗得都看不见本色，才在母亲的催促下换上同样式的新衣。

三

赢得广泛好评的电视剧《人世间》，描写的正是父母辈乃至我这个年龄经历的那些艰难岁月的故事。已在看第二遍的母亲给我打电话说："一定要看这部剧。"著名的年轻编剧常江（《大军师司马懿》编剧）跟我交流此剧感受时说，这是近年来，茅盾文学奖真正名实相符的作品。

断续看了二十多集，正如我妻子说，看这部剧要多准备些纸巾。的确，那些熟悉的场景、熟悉的邻里人情、熟悉的烟火气、熟悉的喜怒哀乐让人感慨落泪。很多人容易怀念过去，其实今天的物质生活与过去相比，已然有了质的飞跃。人们更怀念的是过去的那些简单、真纯，那些好的传统和艰难岁月的情感坚持。

现在的人们很少串门了，一是怕打扰别人的生活；二是忙碌的生活导致时间安排更加紧凑；二是互联网的出现极大地改变了人们的社交方式。小时候，经常会有父母的同事朋友晚上来家里，天南地北、人情世故地神聊，高兴处，畅怀大笑，很是尽兴过瘾。记忆里，父母居室里，总是朋友相谈甚欢，抽烟喝茶，笑脸盈盈，这是那个物质贫乏时代最难忘的画面。父母的朋友大致有两种，一是学识渊博者，二是见识广博者。我第一次听说坐飞机的难忘感受，就是源自父亲一朋友的讲述。

"不患寡而患不均"是国人心理的普遍追求。那是个普遍平均的时代，上至庙堂之高，下至黎民百姓，其实生活的差距都不是很大。住一样的福利房、一样去粮站买计划供应粮、一样凭副食本去副食店买计划供应的肉糖、一样骑自行车上下班、孩子一样就近上学、在外淘气惹事一样回家挨打……"官"无炫耀，民无自卑，淳朴为本，人各相安。这或许也是人们怀念过去的一个原因吧。当然，你若让今天的人们再回到过去，那一定是一百个不答应，因为那毕竟是物质精神生活层次极低极差的时代。可供回忆，但不可回头！

四

听父亲讲，他小时候，最大的爱好就是听街头艺人唱戏，有时甚至忘了回家的时间。这一爱好伴随了他一生。我们小的时候，有一次从收音机里听到了父亲的朗诵，是一篇题为《红军的草鞋》的文章，当时十分惊奇和兴奋。后来还看到过他年轻时演话剧的照片，也是颇感自豪。听郭德刚的相声，有一段讲旧时天桥艺人的"撂地"演出，就想，在围观的人群里也应该有少时的父亲吧，只是他在东北的"天桥"地段。

父母亲尤爱京剧,有了电视更是看得方便自在。父亲在世时,每去看望父母,十有八九他们在看京剧。听着那抑扬顿挫的唱腔,体会着生旦净末展现的人情冷暖,在不同扮相、身段摇曳中感受着京剧独特之美,那种精神满足愉悦又充实。他们一直对我讲要欣赏京剧,虽无理论说辞,但那种由衷的喜爱之情却十分感染人。但彼时尚有诸多事情拖累,无心坐定,难以识得国粹之美。及近知天命之年,却突然开了这一窍,从此看电视除足球外,京剧一定是再选节目。或许真是承继了父母的喜好。

看过一出京剧叫《清风亭》,讲一卖豆腐的张元秀老夫妇于荒郊拾得一弃儿,取名张继保,苦心抚养13年后,小继保被生母领走。张元秀夫妇俩思儿心切,每于清风亭望儿归家。后张继保高中状元,荣华于身,路过清风亭小憩。张元秀夫妇得知消息赶去相见,但张继保恶语相向、不予相认,夫妇俩撞死于清风亭。张继保走出清风亭时被晴空响雷殛死。这出京剧展现了人性的善恶与因果报应的价值理念。"举头三尺有神明,善有善报、恶有恶报",是中国百姓安身立命、行事做人最素朴的价值期许。那日,与老母聊起京剧《连环套》,她老人家对窦尔敦、黄元霸进行了分析,同时还讲了对麒派京剧传人的看法。从戏曲人物跌宕起伏的命运之中,饱经风霜的老辈人咀嚼着自身的幸与不幸、爱与悲苦,拾捡着散落一地的希望,拼凑成黄昏岁月的信念支撑。

五

13年前，也是于这样的多风季节，父亲在与病魔抗争两年后，止住了艰辛多难的生命脚步。

父亲离世几日后，母亲对我念叨："也不知他去了哪里？"她当然说的是他的灵魂或另一个世界。那天晚上，我就真的梦见了父亲，他在一个古城门口站着，向我微笑，身体两侧有两只凤凰样的彩色吉鸟相随。我将此梦讲与母亲，她颇为欣然。

一极具个性的前辈曾讲，沙尘暴自有它的道理，这是大自然的秩序调整，这些沙尘最终会落于江海之中，沉于水底，给江海带来洁净和营养。

如果他说得有道理，那自是生命的另一场孕育升腾。希望如斯！

2022年

暴戾与淡定

随着年龄的增长，我却总也忘不了那残忍的一幕。

1976年的一天，那应该是夏天。街坊里的一群孩子在楼下疯玩儿。不知是谁将汽油浇在一只野猫身上，然后点燃，这只猫开始痛苦地上蹿下跳……那是一个物资极度匮乏的年代，意识单一，精神娱乐贫瘠。有时想，在没有电视、网络、通信工具的年代，在比蜡烛亮不许多的昏暗灯光下，那些个夜晚是如何度过的？正因物质、娱乐贫瘠，意识封闭，才导致了精神麻木，烧猫那一幕才惊魂索魄般令人记忆深刻。

但是于诗人笔下，那些个昏暗的夜晚也有许多别样的温暖。北岛在一篇题为《光与影》的文章中写道："日光灯的出现是一种灾难，夺目刺眼，铺天盖地，无遮无拦。正如养鸡场夜间照明是为了让母鸡多下蛋一样，日光灯创造的是白天的假象，人不下蛋，就更不得安宁，心烦意乱……其实受害最深的还是孩子，在日光灯下，他们无处躲藏，失去想象的空间，过早迈向野蛮的广场。""日光灯自70年代被广泛应用，让城市一下亮堂了，连鬼都不再显灵了。幸好（当时）经常停电，一停电，家家户户点上蜡烛，那是对消逝的童年生活的一种追忆与悼念。"《道德经》载："五色令人目盲；五音令人耳聋；五味令人口爽；驰骋畋猎，令人心发狂；难得之货，令人行妨。是以圣人为腹不为目，故去彼取此。"问题是，鲜有人能做到"为腹不为目"，有人甚至为了感官刺激暴戾燃猫。

2015 年，影片《老炮儿》上映。在诸多不知所云商业电影横行的当下，介于商业与艺术电影之间的《老炮儿》使人惊异之处在于：尽管个别地方的表现有些牵强，但是它试图探讨传统江湖道义、时代变迁以及个体命运，体现传统价值观在现代社会的无力感。这种努力让人感动。因为有思索的艺术作品总是最宝贵的。"老炮儿"张学军（连这名字都有时代印痕）的儿子得罪了新崛起的小爷，被私扣起来。因谈判赎金等事项，他受人羞辱，最终采取了他那个年代富于"血性"又比较"公平"的决斗方式——茬架。张学军们坚持的所谓"价值观"与现代法治理念格格不入，绝不值得提倡。但是，这样的东西却由来有自，比如"家法"。王元泰所著《游民文化与中国社会》中提道："族长依照家法在本族祠堂内处置族中违反族规的族众，即使是处死，官府也是不会干涉的。那些不服族长管理的族众，则被视为违法犯罪，直到民国时期的刑律上还有'忤逆'的条款。"江湖、游侠（《史记》专辟有《游侠列传》）、"老炮儿"们的"盗亦有道"是脱序于法治保障的正统社会秩序的另一种"价值"暗流，即便是今天这样科技发达、信息便捷、文明和畅的现代社会，这样的"价值"暗流仍不乏信众。几年前，笔者曾就利比亚军人私自用刑，将抓获的卡扎菲杀死一事写过评论：任何人被处以刑罚都必须经过法庭裁决，即使是针对残暴的独裁者。无论是"老炮儿"还是私自夺人性命的"家法"，抑或是杀死独裁者的军人，虽年代不同、国籍有别，却共同具备对公共法治缺乏足够敬畏尊重的特点，其所呈现的解决问题的暴戾之气几为相似。

其实这样的暴戾遗风现今亦不鲜见。传播渠道方式的多样便捷，使人们看到许多当下浮躁情绪扭曲所致的暴戾事件："路怒族"的肆意撒野施暴、公共场合的为所欲为、动辄因琐事拳脚相加的、网络上毫无底线的攻讦揭丑……孔子讲："君子无所争，必也射乎！揖让而升，下而饮。其争也君子。"在当代社会，这种思想仍然具有重要的价值，提醒我们在竞争中保持风度，在生活中追求高尚的品德。

如今，校园暴力也时常发生。2016年2月17日，三名中国籍在美就读的高中生被美国波莫纳法院处以13年、10年、6年的有期徒刑。在法庭上，检方指控这三人伙同其他人对一名叫刘怡然（音）的中国籍高中生施虐：脱光她的衣服、用高跟鞋踢她、扇她耳光、用烟头烫她……因这三人没有犯罪史，故撤销了对这三人的折磨罪指控，只认定三人犯有绑架、攻击他人罪。如果认定犯有折磨罪，根据美国法律，这三人将会被处以无期徒刑。相信包括笔者在内，看到这则新闻的国人都会震惊又惋惜。震惊是由于他国对此类施虐案件用刑之严酷；惋惜是对被霸凌者，如此美好的年龄没有享受到快乐无忧的校园生活，而是被施暴虐待，这一沉重打击对其未来成长的心理影响不可预知。12年前，出身农门的云南大学学生马加爵犯下杀死同宿舍四名室友的滔天恶罪，除了对其扭曲心理形成分析颇有价值外，网上铺天盖地、血淋淋的一片喊杀之声令人不寒而栗。马加爵当然罪不容赦，但是不对其扭曲心理成因进行冷静分析，并积极探索对更多存在这样潜在心理的人群给予救治关爱，而只是逞一时暴戾之快的喊打喊杀，助益何存？我们什么时候能多具备些理性的分析判断，少一些极端的戾气和暴力倾向，或许就会离我们追求的理想更近些。

一篇题为《奢侈生活的陷阱》(《读者》2016年第四期)的文章写道："人类一心追求更轻松的生活，于是释放出一股巨大的力量，改变了世界的面貌，但结果并没有人预料得到，甚至也不是大部分人所乐见。"在另一篇题为《国家"发达"的突出特征》(《读者》2016年第三期)的文章中写道："一个国家从不发达到发达，如同一个生命体一样，到了发达阶段，各方面就会稳定下来，就会表现出方方面面的'淡定'。""发达国家的民众看上去很闲适，温和有礼，从容淡定，很难见到他们争吵打斗，这是他们心理淡定的表现。"该文还列举了几方面的淡定，最后写道:"每个人都有这种体验,生活稳定幸福的时候,心态也好,睡眠质量也高,梦中还在品味平凡的生活。"

我们正在为实现中华民族伟大复兴的中国梦而辛勤努力着,我们坚信,中华民族必将位处发达国家队列。除了物质上的考量,我们还有哪些地方没有准备好,比如理性与宽恕、平和与淡定……

2016 年

在沉思的边缘

回家吃饭及其他

《礼记》讲："饮食男女，人之大欲存焉。"荀子讲："饥而欲饱，寒而欲暖，劳而欲休，此人之情性也。"如果道家深刻、法家严苛，那么儒门一脉给我们提供的其实是最平实、符合人性常识的精神给养。"一箪食，一瓢饮，在陋巷，人不堪其忧，回也不改其乐。贤哉回也！"这是孔子对他最喜爱的学生颜回的评语，但颜回再乐观好学，也得有简单的"箪食瓢饮"做基本保障，所谓"仓廪实而知礼仪，衣食足而知荣辱"，饿着肚子讲礼数尊严，对大多数人来说，实在有苛求之嫌。

一

《周易》"革卦"讲："天地革，四时成。"正是有天地变易、四时轮回，才有了春生、夏长、秋收、冬藏，人们才能感叹天地自然神奇变幻之大美。但与此同时，各类自然灾害也时常发生。在《中国灾荒史》一书中，有如下表述："中华大地幅员辽阔，地理气候复杂，自然灾害从来是频发不断。根据历史记载观察，旧中国灾荒之多世罕其匹，几乎是无年不灾。"邓云特所著《中国救荒史》一书中讲："我国灾荒之多，世界罕有……综计历代史籍中所有灾荒的记载，灾情的严重和次数的频繁，殊堪咋舌。而且前代统计调查不完备，记录遗漏的一定还不少。然而就现有文字记录看来，几已填满史册，不可复加了。"《竹书纪年》载："黄帝一百年地裂，帝陟。"这是最早的地震传说。该书还有三次夏末大地震的记载："帝癸七年陟，泰山震；帝癸十年，夜中，星陨如雨，地震，伊洛竭；帝癸三十年，瞿山崩。"《史记·夏本纪》讲："当尧之时，鸿水滔天，浩浩怀山襄陵。"西周以后，水、旱、地震、蝗、疫、霜、雹的灾害，记录较多，最显著的灾害有八十九次。其中频次最多的是旱灾，次为水灾，再次是蝗螟灾害等。如厉王二十一年至二十六年（公元前858年至公元前853年），连续六年大旱，据《诗·小雅》记述："浩浩昊天，不骏其德，降丧饥馑，斩伐四国。"秦汉四百四十年中，灾害发生了三百七十五次之多。计旱灾八十一次、水灾七十六次、地震六十八次、蝗灾五十次等。隋朝存世二十九年，大灾二十二次。"在唐代近三百年的统治中，灾害的侵袭几乎没有间断，其次数的频繁和猛烈的程度，都要超过前代。"两宋前后三百多年，遭受各种灾害总计八百七十四次。明代共历二百七十六年，灾害之多，竟达一千零十一次，这是前所未有的纪录……

与灾荒相随的，是众生普遍的饥寒交迫、饿殍遍野，甚至食人互侵的人间惨象也屡见不鲜。汉武帝元鼎三年，"四月，关东旱，郡国四十余饥，人相食"；东汉灵帝建宁三年，"河内（河南省境内）人，妇食夫，河南（即洛阳）人，夫食妇"；隋大业十二年，"人民始则采树皮叶，或持蒿为末，或煮土为食，各物皆尽，乃相自食"……张宏杰在其《大明王朝的七张面孔》一书中写朱元璋时讲："二十五岁以前，朱元璋对生活最深刻的感受就是：饥饿。这不是贫农朱五四（朱元璋父亲）他一家一户的状况。这是大元帝国里多数农民的景状。不止如此，几千年来，这片土地一直是一只巨大的空荡荡的胃。"灾荒、饥饿与当时政治黑暗、贪渎酷吏不识民瘼民苦的横征暴敛相叠加，导致中国历史上流寇、民变、起义等事件此起彼伏。郭沫若在其《甲申三百年祭》中写道："饥荒诚然是严重，但也并不是没有方法救济。饥荒之极，流而为寇，可知在一方面有不甘饿死、铤而走险的人，而在另一方面也有不能饿死、足有海盗的物资积蓄着。假使政治是休明的，那么挹彼注此，损有余而补不足，尽可以用人力来和天灾抗衡，然而却是'有司束于功令之严，不得不严为催科'。这一句话已经足够说明，无论是饥荒或盗贼，事实上都是政治所促成的。"

"嫁汉嫁汉，穿衣吃饭"，这样的旧时民谚里透着低卑无奈，何来爱情浪漫可言。梁惠王问政于孟子，孟子说："五亩之宅，树之以桑，五十者可以衣帛矣。鸡豚狗彘之畜，无失其时，七十者可以食肉矣……七十者衣帛食肉，黎民不饥不寒，然而不王者，未之有也。"两千三百多年前孟子"七十食肉""不饥不寒"的理想距离我们远吗？20世纪70年代，笔者上小学时，主食只有棒子面（玉米面）。窝头、发糕、钢丝面等玉米面制作的食品是最常见的充饥物。偶尔吃到定量供应的白面（小麦面粉）制作的食品已属格外幸福的事情。家姐那时在卫校住校读书，每逢周六日回家，母亲会做西红柿鸡蛋卤子的捞面条改善生活，这一美味至今也是我的最爱。味蕾记忆是最难改变的记忆，尤其是形成于物质贫乏岁月的味蕾记忆。《中国农村扶贫开发纲要（2011—2020年）》中要求，到2020年我国扶贫开发针对扶贫对象的总体目标是："稳定实现扶贫对象不愁吃、不愁穿，保障其义务教育、基本教育和住房。"这就是我们熟知的"两不愁、三不障"，吃饱穿暖仍是农村脱贫攻坚的头等大事。在庆祝中国共产党成立100周年大会上，习近平总书记向全世界宣告："我们实现了第一个百年奋斗目标，在中华大地上全面建成了小康社会，历史性地解决了绝对贫困问题，正在意气风发向着全面建成社会主义现代化强国的第二个百年奋斗目标迈进。"小康社会的全面建成、绝对贫困问题的解决，实现了中国人民的千年梦想和百年夙愿，同时也创造了世界减贫史上规模最大、速度最快、惠及人口最多的奇迹。

"君子务本，本立而道生。"中央一号文件连续近二十年以

"三农"为主题,这无疑是视民生基本需求为根本,为农业农村发展注入了强大动力。党的二十大报告指出:"要全方位夯实粮食安全根基,牢牢守住十八亿亩耕地红线,确保把中国人的饭碗牢牢端在自己手中。"习近平总书记指出:"对我们这样一个有着14亿人口的大国来说,农业基础地位任何时候都不能忽视和削弱,手中有粮、心中不慌在任何时候都是真理。"

二

《周易》(易经为十三经或称众经之首,它讲的是天地人合一、在规律中变化、在动态中平衡的道理)三十七为"家人卦",其六爻组成为下"火"(离)上"风"(巽),其卦象为底下生火,上面炊烟升起,为家人围炉造饭,甚为温暖。"彖传"释义:"正家而天下定。家道、家风端正,天下自然安定。""象传"释义:"风自火出,家人。君子以言有物,而行有恒。"尽管少居城市楼房,但一样是燃煤做饭,楼顶林立着走烟升空的烟囱。放学回家,看见楼顶炊烟升起,就已然心中安定,温暖盈胸。清洁能源的使用,让人们省去了许多燃煤吹火、烟气呛人的烦恼,炊烟袅袅的意象渐行渐远。同时,快餐外卖也成为城市快节奏生活人们的选择。前些年除夕年夜饭,家人本想在饭馆解决,可老母亲却力辞不赴,说:"一点儿家庭气氛都没有。"尽管添了些劳累,但那种家人笑语帮衬、穿堂逗趣的温暖也确是在外聚餐体会不到的。

2013年12月在第十八届中央纪律检察委员会第二次会议上，习近平总书记讲："对领导干部来说，除了工作需要以外，少出去应酬，多回家吃饭。省下点时间，多读点书，多思考点问题，油腻的食物少吃一点对身体还有好处。"2014年3月，在河南兰考县委会议上，他讲："中央八项规定出台后，广大党员、干部从文山会海和接待应酬中解脱出来，工作方式和生活方式发生明显转变，大多数干部觉得解脱了、身心舒畅，家庭也有亲切感了。整天喝得醉醺醺的，舒服吗？"回家吃饭与读书有个共通之处，就是"收心"。孟子讲："人有鸡犬放，则知求之；有放心而不知求。学问之道无他，求其放心而已。"这是说，人丢失了鸡犬，还知道去寻找，丢失的本心却不知如何归拢安定。读书做学问不为别的，只是将丢失的本心凝于一处、安定下来。这是我读过的，关于读书益处最好的说法。多回家吃饭的道理也自如是。否则，任由心灵外突奔袭，不知归敛自守，在喧嚣浮躁、目眩神迷中，出事儿只是早晚。

几年前，看过一部日本电影叫《澄沙之味》，讲一个落寞的年轻人经营着一家卖豆沙包的小店，日子单调乏味。一日，一个叫德江的老太太路过这个小店，尝过豆沙包后，她提出，可以免费教这个年轻人制作豆沙馅。她每天很早来到店里，边拌馅边充满感情地讲："看，这些豆子在跳舞，"她所传递的是只要用心用情，一件简单的事情也可以做得很了不起，这或许就是"工匠精神"吧。看新闻报道说，在日本有很多百年老店，有些也是如"澄沙之味"般的小店。

住家小区门外有一排商用门面房，一两年就会看到贴着"出租""出售"的告示，然后就又换作其他生意。但有一家存在了二十多年的面馆，每每路经，我总是心存敬意。不受虚言、不听浮术、不采华名、不兴伪事，更不受那些各样式的"虚拟"诱惑，知来处、明去往，踏踏实实地一辈子做好一件事，这是务本的要旨所在，人当如此，国当如此！

慎终追远。不忘来处，方知去处，不忘根本，与人如此，与国尤甚。

2021 年

那时芬芳

惊雷乍响　春回大地

记忆是有选择性的吗？可能有吧，比如，很多时候我们只愿意回忆美好的事物，不愿意回忆那些恶劣的经历。

这些年写的文章里，我曾多次写到《周易》中的"家人卦"，也叫离巽卦、风火卦，初看此卦象，就如同看到炊烟升起，感觉很温暖。也想起小时候，大人做饭，孩子坐在矮凳上拉风箱，烟火从风道排出，这种烟不是别的烟，而是做饭产生的炊烟，象征着温暖与饱腹。陶渊明的《归园田居》中有这样的描写："暧暧远人村，依依墟里烟。狗吠深巷中，鸡鸣桑树颠。户庭无尘杂，虚室有余闲。久在樊笼里，复得返自然。"在远离喧闹人群的村庄里，看到炊烟升起，听到深巷狗吠、桑树旁的鸡鸣，感觉到身心脱离世间俗物牢笼困缚、重返自然的愉悦。与此类似的还有："一点炊烟竹里村，人家深闭雨中门。数声好鸟不知处，千丈藤罗古木昏。""浮家不畏风兼浪，才罢炊烟，又袅茶烟，闲对沙鸥枕手眠。晚来人静禽鱼聚，月上江边，缆系岩边，山影松声共一船。"看见了炊烟，就看到了家，就看到了那久违的真情、期盼的目光。相比之下，如果是汽车尾气或工业烟尘，这样的温馨、温暖感恐怕不会产生。

然而，那时的生活条件其实很落后，温暖炊烟下的锅台上，还寄生着除不尽的蟑螂。有一天，老母亲突然问我："怎么现在家里没有蟑螂了？"我想，这当然与卫生条件、技术手段的改变有关。那时，人们用木柴引火，然后加入煤炭助燃。埋锅造饭结束，炉膛内尚留有残火，蟑螂聚集周边取暖，再加上厨间摆放的剩余饭菜，都为其生存提供了条件。现在则不同，垃圾每日清运，做饭用天然气，剩余饭菜搁置冰箱储存，蟑螂的生存条件消失，"小强"们自然无处藏身。看来，铲除坏东西的生存土壤，要远比下药等治表办法来得更彻底。

"不与夏虫语冰"，闭塞必然短视，也必然造成物质、精神的双重贫乏。"多年以后，当面对行刑队，奥雷里亚诺·布恩迪亚上校将会想起父亲带他看冰块的那个午后。"《百年孤独》中的第一句话，使当代作家中的佼佼者们受到极大震撼：原来小说也可以这样写。从他们的许多作品中，你都可以觅得《百年孤独》叙述方式的影子。这也可以说是打开闭塞、交流文化的一项成果吧。

我一直以为，伟大的艺术、科学创造，都与远离喧嚣、静守孤独有关，但那属于精神的自觉，是一种较高的境界。人终究是社会、群体性动物，今天的人们离不开各种社交行为和社交工具。深层心理原因恐怕是害怕被社会疏离，从而产生不安全感。在那个物质贫乏、精神封闭的时代，被小伙伴群体孤立是很可怕的事情。近五十年前的一天，那个被称作"三哥"的孩子"头儿"对我说："你家这几天要是蒸馒头，给我拿两个吃，要不我就让大家不理你、孤立你。"那是每日以玉米面制品等粗粮为主食的年代，能吃顿白面馒头是很奢侈的事情。那日，姥姥刚掀开笼屉盖，面香随着蒸汽扑面而来，我不顾烫手，抓起两个馒头就往外跑。看着"三哥"很香地吃着馒头，被孤立的恐惧感也暂时消散了。

那时没有电视、电脑、网络游戏，没有便捷的交通带你去往诗意的远方。最大的快乐就是整日与街坊里的孩子们混在一起玩闹，忽一日，看到一群人围聚，赶紧跑过去，却是一只猫被人浇上汽油点燃，那猫被烧得上下乱蹿，围聚的孩子们大呼小叫，甚觉刺激过瘾、惊心动魄。

多年后，回想这一幕，头脑里就总会想起鲁迅先生对旧时代的描写：麻木、冷漠、愚昧，极端的自私、狭隘……他当年弃医从文，以期从精神上唤醒民众，其意义至今仍未消失。梁启超在《论新民为今日中国第一急务》中写道："责望于贤君相者深，则自责望者必浅，而此责人不责己，望人不望己之恶习，即中国所以不能维新之大原。我责人人亦责我，我望人人亦望我，是四万万人，遂互消于相责相望之中，而国将谁与立也？新民云者，非新者一人，而新之者又一人也，则在吾民之各自新而已。孟子曰'子力行之，亦以新子之国'。自新之谓也，新民之谓也。"自新，新民今日读来，亦不无感触。

好在我们已向文明之光靠近了一大步,谁若今日敢将烧猫之"游戏"置于网络、公众视野,必遭千夫所指、千唾所淹。

老子讲:"希言自然。故飘风不终朝,骤雨不终日,孰为此者?天地。天地尚不能久,而况于人乎?故事于道者同于道;德者同于德;失者同于失。"飘风骤雨之天地狂暴之象是不能长久的,这话也正适合当下季节,虽然"雨水"已过,各地仍是气温骤降、风雪交加。

是静待"惊蛰"吗?那一声惊雷乍响,北雁南归,万物苏醒,春回大地!

2022 年

亲情记忆

年老了,有许多特征,比如爱回忆。有首源自爱尔兰诗人叶芝、后被谱曲、再创作的歌曲《当你老了》,原诗为:当你老了,头发白了,睡思昏沉,炉火旁打盹,请取下这部诗歌,慢慢读,回想你过去眼神的柔和,回想它们昔日浓重的阴影……2009 年冬天,老父亲走完了他最后的生命之路。在那年的春天,父母拍了一张他们结婚 50 周年的纪念照,照片里二人的眼光温暖、满足、安然。那是携手半世纪,历经坎坷艰难后的明了、清朗、幸福和宽容。

一

2023 年冬末的一个周日,我开车带老母亲吃饭,她对我讲:"我给你发的京剧视频,你听了吗?"我答:"听了。"她说:"你姥姥过去老说,小时候,戏班子去她们村里唱戏,《打金枝》《骂金殿》《三娘教子》《牧羊圈》是戏班子必唱的四出戏。你知道牧羊圈这出戏是唱的什么吗?"我答:"知道一些。"她就给我详细做了讲解。老母亲和父亲都是京剧戏迷,电视上的戏曲频道是他们最常看的频道,尤其是逢京剧必看。直至今日,老母亲还是会在电视报上做标记,标记最多的还是京剧。

父亲是穷苦出身,曾听他讲,小时候,他打工回家,会在路边听戏班子唱戏,常常误了准时回家。我想,他的一些艺术感觉就是那时形成的吧。

说完了京剧,母亲不知怎么,又忆起了电视事儿。她说:"你们小时候,看你们总是跑去别人家看电视,就下决心自己买一台。花了350块钱买了台小电视,都是借的钱。那个年代,工资低,每个月都会借钱,要不日子都过不下去。我每个月给你爸15块买烟钱,其他事儿他都不操心。"我就想起了40多年前,家里的那台黑白小电视机。我问:"都向谁借钱?"母亲说:"我是工程师,在厂子里,别人都叫我张老师,受人尊敬,不好意思开口向人借钱。就老是让你王宝愚叔去借,然后还他。"听母亲这样说,我就想起这位王叔憨厚的笑容。母亲说:"他是山东人,很实在。跟你爸年龄差不多,早就去世了。我出身不好,当年,有人拿我的出身说事,说咱家房子面积太大,结果让搬了家,唉。你们年龄小,也是你王叔他们帮着搬了家。"

我一直认为,读《论语》《孟子》《老庄》等经典非一定年龄、一定阅历是很难做到"得鱼忘筌"、解其深意的。与耄耋老人交流也一样,心浮气躁、心比天高的黄毛小子,怎么会理解阅尽人情冷暖、人世沧桑后的那份温情和淡然呢？

二

母亲出身于旧时的官宦人家，看过她少时发黄的照片，穿戴、日用都很讲究。在她的回忆里，从小就随其四处任职的父亲奔波于各地，颇有见识。她原本在北京读小学，中华人民共和国成立后，其父来到包头谋生，就将母亲与姥姥接到了包头。她讲："那时的包头荒野四布，有时甚至能听到狼叫。"从繁华京城到塞外凄凉，她哭了一个月，眼睛差点儿哭瞎了。我看过一张20世纪50年代的照片，那是义务建设昆都仑水库时，她们一起唱歌的欢乐场景，简单但快乐，反映了那时人们的精神面貌。看照片时，想起小时候家里墙上挂着的一面镜框，上面写着祝贺新婚类的吉祥语，这应该是她青春、爱情的见证吧。

她爱坐车，我有时间会开车带她四处转转，看到城市的变化，她总是会发出赞叹："到处都是树，绿化得多好呀，我们刚来包头的时候，哪儿都是沙窝子，变化太大了，城市也长大了。"有人说，幸福是比较出来的，其实不幸也是，真能做到如孟子、阳明先生任由风云变幻，我自本心不动还真不容易。

十多年前，带她去北京，她说想见见她小学时的同班同学，几经周折，终于与她的同学见了面，那是位北师大退休的老教授，透着知识分子的儒雅。她们回忆起 1949 年 10 月 1 日在天安门广场参加开国大典的场景，她说参加完庆典活动已经很晚了，回家走进胡同里，看见一个中年人抽着烟徘徊踱步，吓了一跳，老远看见姥姥张望着喊她名字，才安下心来。

三

昔晋武帝司马炎初登大宝，欲召蜀汉旧将李密赴任太子洗马，李密感其厚用，但顾念祖母年事已高，欲先行尽孝，后及职事，撰写了传颂千古的《陈情表》，晋武帝读后，深为感动，应允了其请求。"臣密言：臣以险衅，夙遭闵凶。生孩六月，慈父见背。行年四岁，舅夺母志。祖母刘，愍臣孤弱，躬亲抚养。臣少多疾病，九岁不行，零丁孤苦，至于成立。既无叔伯，终鲜兄弟。门衰祚薄，晚有儿息。外无期功强近之亲，内无应门五尺之僮，茕茕孑立，形影相吊。而刘夙婴疾病，常在床蓐。臣侍汤药，未尝废离。""但以刘日薄西山，气息奄奄，人命危浅，朝不虑夕。臣无祖母，无以至今日，祖母无臣，无以终余年。母孙二人，更相为命，是以区区不能废远。臣密今年四十有四，祖母刘今年九十有六，是臣尽节于陛下之日长，报刘之日短也。乌鸟私情，愿乞终养。""臣之辛苦，非独蜀之人士及二州牧伯所见明知，皇天后土，实所共鉴。愿陛下矜愍愚诚，听臣微志。庶刘侥幸，保卒余年，臣生当陨首，死当结草。臣不胜犬马怖惧之情，谨拜表以闻。"《陈情表》是至亲、至情、至孝、至诚的中华名篇，每一个读过的人，无不为这感天动地的人间真情所打动。

当年阳明先生于杭州西湖静养、修习佛道，但是其心中始终惦念祖母和父亲，这一起念不是与"四大皆空"相背离吗？忽一日，他突然明白："亲情与生俱来，如果真能抛弃，就是断灭种性。"此念一出，如释重负。"其后谪官龙场，居夷处困，动心忍性之余，恍若有悟，体验探求，再更寒暑，证诸五经、四子，沛然若决江河而放诸海也。"突然间豁然开朗，光明呈现，真正明了了儒学之道"坦如大路"。

孔子批评白天睡大觉的弟子宰我是"朽木不可雕，粪土之墙不可圬"，又对他提出的"三年之丧，期已久矣"，批评道"子生三年，然后免于父母之怀""予也有三年之爱于其父母乎"。儒学是人性之学，它的道理是由己及人（己所不欲，勿施于人）、由内及外（爱家人，爱他人），先修身、齐家，然后扩充至治国、平天下，这是诚实的。

当然我们现在已不可能丁忧三年了，因为现在的"快"已难容从前的"慢"，但是这份情感静思、拂尘净心却是我们应该坚守不易的。

老辈人有老辈人的"顽强"，在非正常年代，梁漱溟先生面对高压说："我只批林，不批孔。"也是在那个年代，母亲对我们说:"你们还是要学习传统文化,读三字经。"

好在,时代早已进入了全新季!正是大寒过后的白雪掩映,看见小区里一个父亲带着孩子堆雪人,那份真纯之梦正催发着春天的觉醒!

越来越近!

2023 年

那些老树

在北京看未完成的电视剧《安居》的剪辑，当剧中出现老一辈著名电影演员马精武饰演的赵大爷手抚院中大树唏嘘不已的场景时，我对制片组的盛宁说："看，这就是张导要的情怀。"中午吃饭时，盛宁对我说："再去包头，要去看看那两棵树，长得怎么样了。"

因久寻未果，剧组准备搭建一处能够反映当时剧中一昔日大户人家奢华隆盛又颇具岁月斑驳痕迹的院落。当时正在北京择取演员的永新导演提出，搭建的这处院子里一定要有一棵绿意盎然的老树，如是，这处剧中的场景才能"活"起来。经与有关部门协商，剧组准备移植两棵大树，立于院落之中。移树的头天晚上，剧组外联一工作人员给我打电话说，他家里有些特殊情况，他母亲不同意他去参与移树的事情。我之所以同意了他的这个请求，是因为我相信在老年人心里都有一些固执的敬畏。这种敬畏的对象绝不是于喧嚣尘世中可以换取现世既得利益的东西，它更深远、更符合亘古不变的"常道"，比如苍天自然，比如一座雪山，一碧湖泽，一株根植大地、枝连远天的老树。

在沉思的边缘

前几天在电视里看一部纪录片，片中讲广西一地的老人定期会走很远的路，到山中去祭拜两棵百余年的红豆杉。荀子讲："天行有常，不为尧存，不为桀亡。应之以治则吉，应之以乱则凶。""天不为人之恶寒也辍冬，地不为人之恶辽远也辍广。"那两株红豆杉真的能看到老人们的祭拜、能听见他们心中的福语吗？与其说老人们是在祭拜两棵红豆杉，不如说他们是在坚定秉守着自己心底的敬畏，并一次次用这样的深山远足让自己的敬畏实践变得厚实如茧。在盛洪所著《儒学的经济学解释》一书中，有这样一段叙述："我们注定不能完全了解这个社会、世界、宇宙。当我们不知道、没有把握时，只能对自然秩序保持一种敬畏的态度，尊重、畏惧它就够了，它自然会给我们一个好的结果。自然秩序本身在大多数情况下会带来好的结果，这是一种信念，不是人的理性计算所能把握和预料的。"无论技术如何进步，工业发展到 4.0 还是 5.0，我们终究离不开自然的依托。而面对辽阔的自然、无垠的宇宙，个体的目之所及、心灵的安宁平静或许就只能依一束花草、一株老树而祈福表达。

鲁迅先生的名篇《秋夜》开头写道："在我的后园，可以看见墙外有两株树，一株是枣树，还有一株也是枣树。"有人说这样的叙述与惜字如金不符，不如直接说"可以看见墙外有两株枣树"来得痛快。但通读全文，就会明白这样的叙述其实反映了作者孤独的心态。那两棵枣树是不会呼应鲁迅的孤寂的，但是我们宁可相信那些栉风沐雨、饱经霜雪又逢春生绿的老树是充满了感情记忆的。明代文学大家归有光在《项脊轩志》一文中写道："庭有枇杷树，吾妻死之年所手植也，今已亭亭如盖矣。"读过此文此句的人无不心生戚戚之感。

到许多地方旅游，都会看到一些老树的枝干上挂着告知游人有关老树年龄等信息的身份牌，那一刻就会对这棵老树、这片土地、这个城市心生敬意，良善之情由衷溢散。我从小生活的那片居民区是20世纪50年代、包头工业初建时由苏联人设计建筑的。几年前，那片灰色破败的三层楼房区要推倒重建，我抽时间去那里，拍了许多照片，其中就有街坊里那些生长了几十年、仍然枝繁叶茂的老树。拍摄那几棵老树时，我甚至能听闻幼时大人们在树下闲坐聊天，而我们在树下追逐嬉戏时的声音、场景。我完全不认为那些老树在重建时会被保留，因为奇迹已很难见到了。但是当我听说，在当下的小学课本里有一篇文章讲，为保护一棵橡树，修路的人们更改了原来的设计规划，使橡树得以存活下来时，我就想如果孩子们在未来的时日里总是看不到这样的奇迹发生，他们是否会变得不再有敬畏、有坚持？

今年已111岁的人瑞学者周有光因老而弥坚的述而又作和屡屡闪现的警世真言而致拥趸粉丝众多。在《岁岁年年有光——周有光谈话集》一书中，有一篇题为《107岁的年轻思想者》的文章，文中有如下记叙："周有光的书房之外曾经有一棵大树，鸟群聚集,他常常神游于大树宇宙,其乐无穷。两年前大树被砍伐了,窗外只有灰蒙蒙的天空。但这位饱经沧桑的老人依然达观,每日坐在只有九平方米的书房里,读书、看报、思考、写作,物我两忘,宁静平和,心中充满了幸福。"周老或许真的达到了庄子所推崇的"心斋、坐忘、撄宁"的至高修为境界,但我们有几人能修炼出他老人家那样的物我两忘的境界呢。同样是在这篇文章中,还有周有光关注的不是一家一姓的兴亡,他的目光穿越人类历史,纵横千古。他说:"国家之间的差距,文化之间的差距,一万年不止。"他还说过:"回过头来看,20世纪还处在人类野蛮的时代。"这些论断看似惊人,但都有醍醐灌顶的效果,发人深省。

如果老树让人心生敬畏,周有光这样高寿的思想者所言,起码会使人的浮躁遁迹,在平静之中寻找到另一个思考方向。

2016 年

谁是贵族

最新一期的《随笔》登载了一篇题为《现今中国只有富没有贵》的文章,该文观点鲜明、文风犀利、对现今人们头脑中存在的富与贵的模糊概念予以重新厘清。对当下急功近利,信仰迷失的人们来说,这篇文章确有诸多警示。

"贵族的内涵是学识,是教养,是道德,是尊严,是文明,是理性,是仁慈,是情义,是世代门风培育出来的做人品格。""之所以叫贵族,而不叫富族,或者霸族,根本原因在其贵。富和贵是两个完全不同的概念,甚至无必然联系。富豪子弟不一定贵,贵族子弟不一定富。一夜发财,腰缠万贯,可以成富,但不能成贵。一朝夺权,马背君王,可以成霸,也不能成贵。""贵族的根本标志,并不在财富,而在于对尊严的认识、珍重和坚守。"该文中的叙述,就不由得让笔者想起少时读过的诸如《三个火枪手》《基督山伯爵》,甚至《悲惨世界》中那些对爱与尊严毫不妥协的持守,那才是与财富无直接关联的贵族精神。

去年,在与他人酒后的闲聊当中,我说其实当年欧洲的贵族最在乎尊严和荣誉,即使是抵御外侮、保卫家国,也必一马当先、舍命杀敌，听者瞠目。彼时的贵族骑士绝不屑于权谋盈胸、设计害人，更不屑于谋一时苟且、舍大义偷生。在一册《历史的细节——马镫、轮子和机器如何重构中国与世界》的书中，有如下叙述："从1598年到1610年的12年间，就有约500到1000名的法国贵族骑士死于决斗……即使到了火枪时代，普希金仍然死于一场私人决斗。"所谓贵族的"骑士风度"，"实际是一种发自内心的、骨子里的东西。彬彬有礼、慷慨仁慈、勇敢正直，对爱情忠贞不贰，为了信仰甘愿奉献生命与青春"。"中世纪以后很久，骑士头衔和博士学位被广泛地认为是等值的。这种平行性表明骑士制度被赋予了高度的伦理价值。高贵的骑士和庄严的博士均被视为神圣职责的承担者。"从马上的持剑不羁到马下的持书求知，从骑士到绅士的传沿，不变的或许依然是对爱与尊严及人类灵性本真的坚持。

"我知言，我养吾浩然之气。"（孟子）"十年磨一剑，霜刃未曾试，今日把示君，谁有不平事？"（唐·贾岛）其实，中国传统士人、君子中也不乏充满贵族骑士精神者。"不义而富且贵，于我如浮云。"（《论语·述尔》）"士不可以不弘毅，任重而道远。"孔子对君子的定义是这样的："质胜文则野，文胜质则史，文质彬彬，然后君子。"在知识修为和人性本真的高贵质朴中寻得平衡才可称得上是君子，这是孔子的智慧。孔子的门生子路在一场政变的激烈战斗中，冠下结缨被斩断，子路于乱剑舞动中从容正冠，言道："君子死而冠不免。"此时，有人趁机将他杀害，将其遗体剁成肉酱。这一行为体现了他对"君子"尊严的坚持，也展现了他舍生取义的精神。宋襄公之仁与大战风车的堂吉诃德之不识机变或许为今人耻笑，却彰显了彼时人们内心对信仰的不二秉持。何种血统绝不是谁天然授赋，何种出身亦不会成为人之命运的天然定数。孔子、司马迁、李白、岳飞、杨家将、文天祥正是以其对信仰和尊严的抵命保卫、对炙热家国情怀的忠贞护佑，才成就了中华民族最可期许的高贵血脉承续。

1956年，有民国四公子之称（四公子之一还有张学良）的张伯驹将西晋陆机的《平复帖》、隋展子虔《游春图》、李白《上阳台帖》、杜牧《赠张好好诗》等珍贵文物捐献国家。一件《游春图》卷曾使其从豪门巨富变为债台高筑，甚而被匪徒绑架、生命堪虞，但张伯驹犹称"宁死魔窟，决不许变卖家藏"，其传奇般的际遇，成为久传不衰的佳话。一篇记叙张伯驹的文章中有如下叙述："张伯驹富贵一生亦清贫一生，他在时代里消磨，但却由时间保存，不像某些人是在时代里称雄，却被时间湮没。"看看彼时的贵族与今日所谓"×城四公子""白富美""高富帅"已大壤之别，恍若隔世。

2015年

在沉思的边缘

秋天的气息

早间新闻上说,呼伦贝尔的根河市已经开始供暖,天真的凉了。

一

昨天带着老母亲去田间菜地摘菜,经营这片菜地的园主说,这是最后一波了,下周就不用来了,没东西了。

从五月初到九月初,每周六或周日,我都会带着老母亲到这片菜地摘菜。生菜、菠菜、豆角、黄瓜、茄子、青椒、尖椒、西红柿、玉米、毛豆、土豆等,随季节变化,蔬菜的品种也在变化,直至变为寂寥、平阔的土地。

每次来,我都会先将沙滩椅取出,放在阴凉处,让母亲坐好,纳凉休息,然后我下到菜地与同来者或自己一人去摘菜。昨天把母亲安顿好后,我拍了段母亲坐下休息的视频,发至家庭群,很快看到远在美国的外甥女发来信息说:"周边已经没有人了,一看就是秋凉的景象!"秋天难道可以看出来吗?此时的田野仍是绿色的统治区呀？我想她说的应该是气息吧，属于秋天的独特气息。

我与园主小田刨完了土豆，然后将地豆角秧子割下来、抱至母亲休息处。小田说："老太太，给你找点活儿干，把秧子上的豆角摘干净吧。"老人很高兴，边摘秧子上的豆角边对我说："人不能闲着，就得找点儿活干。"老人边干活边唠叨着家常，问小田："这些地豆角秧子扔了怎么办？"小田说："这些秧子，羊吃了能长膘，你不用管，扔在道边，一会儿养羊的就过来捡干净了。"我问小田："那些玉米秸秆呢？"小田说："要是卖，得自己割下来，收好卖给养牛的作饲料。要是不为了卖，养牛人会自己来收割好带走。卖也卖不了几个钱，就由养牛人自己割好，收拾干净带走得了，省事儿。"老母亲就说："自然也是循环的呀，没废料，都是有用的。"

我停下手里活，抬头看，天高云淡，四野寂然，秋天甚或冬天已然无声走来！

二

前几日翻读《道德经》，十六章里讲："至虚极，守静笃，万物并作，吾以观其复。夫物芸芸，各复归其根。归根曰静，静曰复命，复命曰常，不知常，妄作凶。"回去的路上，在车上母亲说："秋收冬藏，又一年要过去了。"我就想，秋冬时节已不比

"万物并作"的春夏,此时已经是"各复归其根"的"归根曰静"节令,这是"常"。无论物质之"相"如何发展发达,不懂得这个"常"之自然,就注定会"妄作凶"。千百年来的人类历史,已反复证明,一定是这样!

多年前,在江西农村,遇见一个在上海发迹的中年人,在乡间买了处农屋,依农村环境进行简单改造,屋内有其多年收藏,金石类居多,中堂一副楹联:耕读传家久,诗书继世长!我本人很喜欢这两句话,耕读传家,这是中国风,也是禅宗的精神!禅宗是生活化的宗教,反对枯坐守寂,所以《坛经》中说:"不可沉空守寂,即须广学多闻,识自本心,达诸佛理,和光接物,无我无人,直至菩提,真性不易。"

在本市一朋友,生自农村,因写作落了城市户口,后成了公职人员。退休后,包了一片农地,重拾稼穑之长。每逢春夏,光着膀子在地里干活,晒得黝黑黢亮。我去看他,他对我讲:"本来也是个农民,在地里干活才觉得心里踏实。"闲时,与书法同道中人搞笔写字,看着甚是满足。夏盛时节,会打电话给我:"来摘菜吧,黄瓜、西红柿长得很好,摘了给我婶子吃。"

秋冬之时,他也该停止播种了吧。于万物"各复归其根"间,等待下一个生命轮回。

2024 年

那时芬芳

天视自我民视

中国老百姓遇到突降灾祸之事，大多会仰天长叹："我的天啊！"遇到解不开的难题，很多人会自我解脱说："听天由命，顺其自然吧。"即使是水泊梁山的造反者喊出的口号，也与天有关："替天行道。"许多次乘飞机，凭窗看飞机下的云层就想：孙悟空会不会踏着云朵滑过呢？

一

科学理性的天与人们信仰想象的天不会是一回事。就如同，今天的科学已然告诉我们，月球上有的是水冰、"永久阴影区"、"微型生态系统"，而不是嫦娥、吴刚、玉兔、桂树，我们会不会有些许失望？人类文化的初始是神话或童话，她给予了人类探求真相的好奇心，而源于无穷想象的好奇心或称天真心理，恰恰是开启、扩大人类心灵最珍贵的源泉动力。民谣有"二十三，糖瓜粘"，是说腊月二十三这天，灶王爷要上天汇报工作，所以要给他吃麻糖，甜甜他的嘴或粘住他的嘴，让他多说好话，少说坏话，叫"上天言好事，下界报平安"，据说这是在中国夏朝就有的习俗。其实几乎所有人都知道没有什么灶王爷，这位爷也没地儿去汇报工作，因为天空是一片虚无。但这一习俗仍然存续的原因，只能是人们心里对生活得以改变的美好祈愿。

在儒家诸圣中，荀子是特立独行的个体，他在《天论》中讲："天行有常，不为尧存，不为桀亡。"帝尧是大好人，夏桀是大坏人，但是天道有常规，它不会因为人的善恶而存亡。又讲："天不为人之恶寒也辍冬，地不为人之恶辽远也辍广，君子不为小人之匈匈也辍行。"天不会因为人们厌恶寒冷就停止寒冬，大地不会因为人们厌恶路远就缩小面积，君子不会因为小人的喧嚣哄闹就停止他的正确行为。这与老子讲的"天地不仁，以万物为刍狗"（天地没有偏爱，对万物一视同仁，就像人们祭祀时所用草扎的动物，用过就扔掉一样，这都是自然而然的事情）相近。理性或许难脱冰冷的味道，这与老百姓对"苍天是有眼的"的感性预期有差距。一直以为，中国百姓是能够忍辱负重的群体，若不信，可看看漂散世界各地的华族同胞，大多是逆境求生、负重前行的榜样。在求之规则不能的情况下，普通民众只能寄予上天的护佑：善恶终有报，天道好轮回，不信抬头看，苍天饶过谁。看过一出京剧叫《清风亭》，讲一卖豆腐的张元秀老夫妇于荒郊拾得一弃儿，取名张继保，苦心抚养十三年后，小继保被生母领走。张元秀夫妇俩思儿心切，每于清风亭望儿归家。后张继保高中状元，荣华于身，路过清风亭小憩。张元秀夫妇得知消息赶去相见，但张继保恶语相向、不予相认，夫妇俩伤心至极，撞死于清风亭。张继保走出清风亭时被晴空响雷劈死。该剧又名《天雷报》，京剧大师马连良、周信芳都擅演此剧，该剧蒲剧、川剧、汉剧、湘剧、晋剧、秦腔、豫剧等版本众多，于民间影响甚广。在中国传统戏剧里，类似的剧目很多，表达了老百姓扬善抑恶、渴望天下承平的素朴情感。

二

中国是典型的农耕传统国家，你可以将"安土重迁""两亩地、一头牛、老婆孩子热炕头"理解为保守，其实那也是小农经济的传统形态。农业耕种就离不开对天时的重视，《尚书》"尧典"讲，帝尧治天下，先是"克明俊德，以亲九族；九族既睦，平章百姓；百姓昭明，协和万邦"。然后就是"乃命羲和，钦若昊天历象——日月星辰，敬授民时"。任命羲氏、和氏按照日月星辰的运转来认识天象，把观测、总结的节令告诉人民，以安排农时，方便耕种。"日中、星鸟，以殷仲春""日永、星火，以正仲夏""宵中、星虚，以殷仲秋""日短、星昴，以正仲冬"，就是根据鸟、火、虚、昴等星座及昼夜长短来确定春、夏、秋、冬季节，并举行祭日活动，指导人民春耕、夏作、秋收、冬藏等农事活动。《尚书》是记载中国上古历史的书籍，是识别民族独特基因密码的重要佐证。在那些面朝黄土背朝天的艰苦劳作岁月，我们的先人在与日月星辰的对话中，求索着与时偕行（易经语）、与自然相存共处之生存法则，并由此建立自己的道德精神世界。"大哉乾元，万物资始，乃统天。云行雨施，品物流形，大明终始，六位时成……首出庶物，万国咸宁。"（《易经》乾卦）同时，在对"天"认识中，汲取精神启示，"天行健，君子以自强不息"。

《易经》"震卦"讲震"亨"，震来虩虩，恐致福也。雷电袭来、震动不止是好事情（亨），它虽使万物恐惧，但也带来了福泽。这是什么道理？因为恐惧使人戒备，戒备就会自我警醒，少犯错误。所以该卦《象》传说"洊雷，震。君子以恐惧修省"。人只有有所敬畏、有所恐惧才能不断自省，修正妄念、克制欲望。老子讲"人法地、地法天、天法道、道法自然"，相较于气象万千的天地自然，人类注定是渺小的（当然这绝不是否定人类改造自然的能动作用），或者说人类本身就是自然的一部分，中华先人们正是于其中获取无尽的智慧启迪，充实建构我们独特的精神世界。

今天的科学发展已使我们认知了许多自然现象的成因，但彼时的人们虽对某些自然现象不知所以然，却能够于其中受到警惧，做到检视自身，积极修补治政缺失。《春秋》曰："日食，鼓，用牲以社。"日食发生，人们敲锣打鼓震慑遮日黑魔，用牺牲祭祀土地神。今天看来，这种行为很愚昧，但是司马迁开列的"救日"之道是为政者要检讨自身行为、修养自己的德行。《史记·天官书》说："日变修德，月变省刑，星变结和……太上修德，其次修政，其次修救，其次修禳，正下无之。"汉文帝二年十一月，发生日食天象，文帝下诏："朕闻之，天生民，为之置君以养治之。人主不德，布政不均，则天示之灾以戒不治。乃十一月晦，日有食之，谪见于天，灾孰大焉……令以启告朕，及举贤良方正能直言极谏者，以匡朕之不逮。"汉文帝将发生日食的原因归结为自己失德（人主不德）和治政过失（布政不均），所以才造成"天示之灾以戒不治"，故让大臣上书直言极谏、举荐人才，以匡正自己的错误。汉文帝也因此成为史著记载中首位"罪己"的帝王。能够检讨自身、修补不足，需要"知耻"的勇气，也是治世之福音。

三

距今约5300年至4500年的良渚文化，因其丰富的人类生活、创造、文化遗存越来越引起世人的关注，2019年，良渚古城被列入世界遗产名录。尽管已看过很多玉器，但是从电视上看到良渚反山遗址出土的硕大无朋的"玉琮王"时，还是感觉非常震撼。中国有崇玉、重玉的传统，中国古人认为玉有九德（孔子讲玉有十德），视为天物。有身份的人入葬要有玉殓具陪葬，嘴含玉蝉、七窍都要有玉塞封堵。古人制作的玉琮，外方内圆，象征天圆地方，是通天之物。逢祭祀等重大事件，巫者手持玉琮，吟之舞之，祈求天地护佑。"良渚人没有走向多金，而是走向多玉，从玉文化里确立了礼乐文明的根底。"（《文化的江山》）

中国文化传统里一直认为有"天意""天命"的存在，孔子讲："君子有三畏，畏天命，畏大人，畏圣人之言。小人不知天命而不畏也，狎大人，侮圣人之言。"孔子这话放在现代社会看，确实有值得商榷的局限性，但是对天地所赋予的职责使命心存敬畏、不竭进取却是必要的。他又讲："吾十有五而志于学，三十而立，四十而不惑，五十而知天命，六十而耳顺，七十而从心所欲不逾矩。"经过十五岁开始的求知究理及其后的世事浮沉，于半百之年真正明白了自己立于天地的担承所在，这已然是不惧不忧、为道日简之紧要。

《庄子·知北游》中说："天地有大美而不言，四时有明法而不议，万物有成理而不说。圣人者，原天地之美而达万物之理，是故至人无为，大圣不作，观于天地之谓也。"西哲康德有名言传世："有两种伟大的事物，我们越是经常、越是执着地思考它们，我们心中就越是充满永远新鲜、有增无已的赞叹和敬畏——我们头上的灿烂星空，我们心中的道德法则。"国务院前总理温家宝在其所作诗歌《仰望星空》题记中写道："一个民族有一些关注天空的人,他们才有希望;一个民族只是关心脚下的事情,那是没有未来的。"有评论说,仰望星空就是追随"那无穷的真理"、就是热爱"那凛然的正义"、就是让心灵栖息于"那博大的胸怀"、就是让"那永恒的炽热"燃起"希望的烈焰"。

周施分封制,周朝执政者认为其负载着上天的使命,故自称"天子",他执掌的疆域叫"天下"。东周时期,天下大乱、诸侯并起,孔子深为忧虑,故欲恢复周公诸先贤所创礼乐文明,使天下和平、百姓安宁。他认为他的天命就是"克己复礼"。及至后世朝代,大多已将"天下为公"化为"天下为私"。明末清初的思想家黄宗羲在其《明夷待访录》中说:"三代之法,藏天下于天下也。山泽之利不必其尽取,刑赏之权不疑其旁落,贵不在朝廷也,贱不在草莽也……后世之法,藏天下于筐箧者也,利不欲其遗于下,福必欲其敛于上。"讲得很是深刻。

《尚书》"泰誓"有言:"天视自我民视,天听自我民听。百姓有过,在予一人。"上天所见,都来自民众所见;上天所闻,都来自民众所闻,民众能有什么过失,责任在我一人。如果真有什么"天视""天听"那也一定来自人民的心声心愿。习近平总书记强调:"江山就是人民、人民就是江山,打江山、守江山,守的是人民的心。""天下为公""江山为公",人民才是最大的天!

2021 年

在沉思的边缘

闲话说话

赵传有首歌叫《废话摇滚》，歌中唱道："每一个人每一天当中总是要说说话，每一个人的话里有一半以上是废话，废话说多了以后几乎就变成真理，这是不可思议非常有趣的逻辑，除了废话有人不知道到底该说什么话，除了废话也不知道该对某人说什么话。不说废话这一天三场会议到底要怎么开，不说废话这一辈子到底怎么谈恋爱，不说废话大家彼此看来看去目瞪口呆，不说废话我们这一生怎么安排。"很多年前，听过赵传的这首歌后，一下子就产生了许多联想，如果语言、说话是思想的表达，那这么多的"废话"还会是真实的思想传递吗？又或者，我们真的有思想吗？

不知道这世界一年出版多少本图书，又有多少本书值得一读。只依靠说话，而从不写书就能流传千古的，无人能出孔子左右。孔子的学生及后人将孔子及其弟子的言行整理成一本叫《论语》的薄书，风行了中国几千年，并深深影响着世界上广大的人群。你看，有的人说了一辈子话也没几句能让人记住的，有的人就说了一万五千多字（相当于报纸的一个整版多一点）的话，就能影响这么巨大，所以说话有用与否，和长短没什么关系。

司马牛问仁。子曰："仁者，其言也讱。"曰："其言也讱，斯谓之仁已乎？"子曰："为之难，言之得无讱乎？""讱"是谨慎缓慢的意思，孔子是告诉他，仁者深知行动的困难，所以行仁道之人说话是谨慎的。"讱"这字很有味道，说话不注意是容易伤人或者被人伤的。俗语说"童言无忌"，但是成人说话不注意就不会那么容易得到原谅了。自古至今，因说话不慎而获罪的一搂一大把。"良药苦口，忠言逆耳"，真诚的、有益的建议或批评可能听起来刺耳，让人不舒服，但能够接受"忠言"劝谏的才是明智之人呀。今日天安门广场高耸的"华表"是典型的中华传统建筑，流传已有数千年。尧舜之时，华表（为木制，也叫华表木）被称作"诽谤木"（与今天的"诽谤"一词有别），立于交通要道、人群稠密之处，是专让人在上面写谏言的。《淮南子》《后汉书》等书目对此多有记载："尧置敢谏之鼓，舜立诽谤之木"，"臣闻尧舜之时，谏鼓谤木，立之于朝"。先贤诸子们对尧舜禹等三皇五帝们的服膺的确是有道理的。中国历朝都不乏不计得失、仗义直谏之臣相，他们敢于为君主提供全面、客观的信息，在促进君主决策的科学性方面起到了极大的作用。

与谏诤之语相对的自然是谗言媚语。其实与进谏之言需要勇气一样，昧着良心讲谗言媚语也需要些勇气，除非他们根本就意识不到自己还有人格和尊严。"谗"之繁体古字很复杂，左半边为"言"，右边下半部为"兔"字，右边上半部是一个像"兔"的字，为一种兔首鹿足的兽。猜想古人造字，是讲"谗"跃跳飘忽，十分不靠谱。除了善意的谎言，谁敢说自己一辈子没讲过一句假话呢？但是一个人若一辈子将"谗言"进行到底，将见人讲人话、见鬼说鬼话形成习惯，还真就不如《废话摇滚》里唱的那样了。

中国老百姓信奉"言多必失""沉默是金"，这一是由其生活经验、历史教训得出的感悟；二是也确实讨厌花言巧语、能言善辩之徒辈；三是实在不愿与那些浅薄之人过话，正如《庄子·秋水》篇所言："井蛙不可以语于海、夏虫不可以语于冰、曲士不可以语于道。"孔子说："巧言令色，鲜矣仁。""巧言、令色、足恭，左丘明耻之，丘亦耻之。"有人对孔子说："雍也仁而不佞。"孔子回答说："焉用佞（能言善辩，有口才）？御人以口给，屡憎于人。不知其仁，焉用佞？"生活当中，那些花言巧语、大话连篇的人也的确难以成事，也因此朴实厚道的人都将"行胜于言"（清华大学的校风）、"君子欲讷于言而敏于行"作为自己的座右铭。

讲什么话，怎么讲话，实在是个人私事儿。但是尽量讲真话、讲实话、讲公道话、讲深思熟虑后的话，却不是只与自己相干的事儿，它或许就与事业通达、社会进步密切相关。"虚谈废务，浮文妨要"，"空谈误国，实干兴邦"，认认真真读书、踏踏实实做事，不仅于己无害，还可于人于社会有益。

2014 年

心安处即是家

填写各类表格时,祖籍一栏一般会填写河北盐山县。那是父亲的祖籍,但其实父亲是在山东出生、东北成长的。而母亲是出生在河北冀县、幼学在北京、成长于包头。

幼时,母亲与老家来人对话时都会说河北方言,我听他们说话时会有种莫名的疏离感。真正去到河北农村是20世纪90年代初,与一个朋友送他岳母回老家。一路颠簸至乡间,已是月上半空,正对应了那首"日暮苍山远,天寒白屋贫。柴门闻犬吠,风雪夜归人"的唐诗。推开柴扉,那一屋的亲切笑容、真诚问候顿时消去了冬日清冷。那一夜,在乡间火炕上的睡眠格外香甜。

对乡村田园生活的向往并非始自城市化进程越来越快的今日。早在千年前,唐代的孟浩然就歌颂过农家生活的美好:"故人具鸡黍,邀我至田家。绿树村边合,青山郭外斜。开轩面场圃,把酒话桑麻。待到重阳日,还来就菊花。"自鸦片战争始,中华民族就开始了"睁眼看世界""师夷长技"的现代化登攀。其间虽有种种的波折坎坷,但是现代化的主流征途指向却从未离场。

席慕蓉的《乡愁》和余光中的《乡愁》意境何其相似："故乡的歌是一支清远的笛，总在有月亮的晚上响起，故乡的面貌却是一种模糊的怅惘，仿佛雾里的挥手离别，离别后，乡愁是一棵没有年轮的树，永不会老去。"自 2013 年以来，习近平总书记在多次的调研视察中一再提及"记住乡愁"的字眼，"要体现尊重自然、顺应自然、天人合一的理念，依托现有山水脉络等独特风光，让城市融入大自然，让居民望得见山、看得见水、记得住乡愁"。台湾歌坛教父罗大佑当年以一曲充满激情哲理的《鹿港小镇》成名于世，歌中唱道："假如你先生来自鹿港小镇，请问你是否看见我的爹娘，我家就住在妈祖庙的后面，卖着香火的那家小杂货店。假如你先生来自鹿港小镇，请问你是否看见我的爱人，当年我离家时她已十八，有一颗善良的心和一卷长发。台北不是我的家，我的家乡没有霓虹灯……台北不是我想象的黄金天堂，都市里没有当初我的梦想。在梦里我再度回到鹿港小镇，庙里膜拜的人们依然虔诚，岁月掩不住爹娘淳朴的笑容，梦中的姑娘依然长发盈空……归不到的家园，当年离家的年轻人……繁荣的都市，过渡的小镇，徘徊在文明里的人们。听说他们挖走了家乡的红砖，砌上了水泥墙，家乡的人们得到他们想要的，却又失去他们拥有的……"与父辈们相比较，他们更具地负海涵的包容心和谦抑隐忍的幸福感，他们识得过往、知道来处，能够于枯燥之中活出情趣。一些都市里长大的人们，常于霓虹闪烁中迷离落寞，不知终始；也有些回不去乡村、融不进都市的打工者时感浮萍无定。

前段时间在电视上看到一场辩论会，甲方对乡村的"空心化"现状表达出深深的忧虑，并说乡村毕竟是承载了中华五千年文化之真正所在；乙方说这是城市化进程的必然结果，并说城里的打工者不想在城里待着随时可以回去呀。现场有观众对乙方的观点嗤之以鼻，说："你真是站着说话不腰疼。"笔者对乙方有失偏颇的观点不敢苟同，但是对甲方的观点也不能完全认可，因为根植于乡土文化的中华文明于全球一体化的当下仍然只能由"乡土"负载吗？及至翻阅《孟子》时，笔者才有所醒悟。"仁，人心也；义，人路也。舍其路而弗由，放其心而不知求，哀哉！人有鸡犬放，则知求之；有放心而不知求。学问之道无他，求其放心而已矣。"孟子这段话是说：人养的鸡犬走丢了，还懂得把它们找回来，人之善良初心走丢了，却不知道找回来。做学问、学习知识的目的没别的，只求找回人们奔突放逐的良善初心罢了。就像阳光、空气和洁净的水源，或许哲学不能满足我们的口腹之欲、外相装点的现世利益，但是它对一个民族细密又强大、柔软又持久的心灵建构却是不可或缺的。商鞅们只识稼穑健体、强兵御敌，而一切涉及思想建设、心灵成长的东西统统灭绝的短视改革，不仅伤及自身且只能使金瓯难存、国祚不远。

再没有什么比从人的心灵出发而开始的研究之旅更富有勇气的事情了。科技可以给我们的物质生存状态带来改变，但是及古至今的人类心性却不会有什么易转,"饮食男女,人之大欲存焉"之判断无出左右吧。以儒释道为显学代表的东方文明之所以与西方文明比肩千载,日现光彩,就在于东方文明的心灵哲学究取之道更注重与天地自然的契合。此秉承心性内敛、中和平衡、良善护持;彼赏识个性蒸腾、奔突不羁、驰骋拓展。我们从哪儿来?我们的性格形成、道统血脉何来有自?理学大师朱熹在《中庸章句序》里给出我们这样的答案:"盖自上古圣神,继天立极,而道统之传有自来矣。其见于经,则'允执厥中'者,尧之所以授舜也;'人心惟危,道心惟微,惟精惟一,允执厥中'者,舜之所以授禹也……夫尧、舜、禹,天下之大圣也……自是以来,圣圣相承,若成汤、文、武之为君,皋陶、伊、傅、周、召之为臣,既皆以此而接夫道统之传,若吾夫子,则虽不得其位,而所以继往圣、开来学,其功反贤于尧舜者。"尧将天下为公、无偏倚私狭的"允执厥中"传于舜、舜传禹,然后如商汤、周文王、武王这样的仁君和皋陶、伊尹、傅说、周召二公这样的贤臣继承发扬,又经孔子开私学肇始广布乡野,道统之传方生生不息。《论语·泰伯》载:"巍巍乎,舜、禹之有天下也,而不与焉。"又载:"大哉尧之为君也!巍巍乎!唯天为大,唯尧则之。"我们很少能从孔子的语录中读到如此不吝赞美之辞颂扬某人,尧舜禹为是。"是以君子恭敬、撙节、退让以明礼。"(《礼记·曲礼上》)"……故君子慎其独也。喜怒哀乐之未发谓之中,发而皆中节,谓之和,中也者，天下之大本也。和也者，天下之达道也。致中和，天地位焉，万物育焉。""忠恕违道不远，施诸己而不愿，亦勿施诸人。"（《中庸》）"上善若水，水善利万物而不争，处众人之所恶，故几于道。"（《老子》）无论你是否读过那些艰涩的经典原句，细细观察，中国人的家传行止当中，无不浸染着这样的道统血脉，丝缕不绝。

如今，我们要不断寻找初心，永保初心。庄子说："其嗜欲深者，其天机浅。""龙场悟道"从而开宗立派、在东亚诸国影响深远的"心学"肇创者王阳明说："心者，身之主也，而心之虚灵明觉，即所谓本然之良知也。"释者讲腾空心灵的"放下"，与王阳明"心之虚灵明觉"方可"致良知"异曲同工。"心即理也，学者，学此心也；求者，求此心也。""天下之人心，其始亦非有异于圣人也，特其间于有我之私，隔于物欲之蔽，大者以小，通者以塞，人各有心，至有视其父、子、兄、弟如仇雠者。""盖之于今，功利之毒沦浃于人之心髓，而习以成性也几千年矣，相矜以知，相轧以势，相争以利，相高以技能，相取以声誉。"（《传习录》）阳明之洞见，于今仍然如黄钟大吕，振聋发聩。

无论东方的圣贤还是西方的先哲，正是他们在人类初创时期高举的心灵之炬和其后的悉心看护，才为后来者照见了过往以及未来的征途。

乍暖还寒的初春时节，笔者在浙江横店逢遇一从事影视道具生意的刘姓友人，他说虽然两个孩子都已在当地上学生活，他仍然会拿出他的身份证告诉孩子们：山东那个叫刘海乡的地方才是他们的故乡。其实，无论乡村还是城市，道统不失、能够安放心灵之处就是我们的家乡。

2016 年

或为刍荛　亦必自珍
——秦简揭示的一个基层小吏世界

梁启超讲，中国的二十四史就是帝王史。这话当然有道理，但也有失偏颇。因为史书里除了帝王的"家谱"，还有很多学人、贤臣、良将、酷吏等的记述。比如，《史记》里仅孔子一门就有《孔子世家》《仲尼弟子列传》《儒林列传》三篇，足见司马迁对孔子、儒家"心向往之"的情感所依。《史记》也有《游侠列传》，于正史处为"游侠"们立传，司马迁开了史家之先河。大多数男儿都有过侠客梦，即使如王阳明这样的开宗立派大家，少时也曾只身匹马游走长城之下，梦想着于刀戈纷争中，抵御他族践踏。后其父怒斥，浇灭了他的"任侠"火苗。年轻时，读《游侠列传》，对其中郭解的印象颇为深刻。郭解的外甥倚仗郭之声名，与人饮酒时，强灌他人，被人捅死（解姊子负解之势，与人饮，使之嚼。非其任，强必灌之。人怒，拔刀刺杀解姊子，亡去）。他姐姐当然不能容忍，就将其子尸体抛至街头，故意让郭解难堪，以逼迫郭解为其子报仇（弃其尸于道，弗葬，欲以辱解）。郭解找到这个人，问明了事情的缘由，并认为他外甥有错在先，就将那人放掉了（解曰："公杀之固当，吾儿不直。"遂去其贼，罪其姊子，乃收而葬之）。司马迁认为侠客与豪暴歹徒不一样（豪暴侵凌孤弱，恣欲自快，游侠亦丑之），在情感与道义间，侠客会选择道义，豪暴之徒只会施以狭隘的以暴制暴。金庸和古龙的作品就深受《游侠列传》的影响。

自公元前221年嬴政称"始皇帝"至清帝溥仪退位，两千多年的君主集权制，共产生了四百多个皇帝，他们的一政一策、一言一行都足以影响芸芸众生的一切，所谓"楚王好细腰，宫中多饿死""齐王好紫衣，国中无异色"。所以后世为前朝立传是必要的，这可让后来者懂得前朝的得失明暗、兴衰治乱之理，以警醒执权者除弊纳新、造福苍生。这就是古圣先贤们的著述典籍价值所在。

但是在这两千多年的君主集权制下，每一个如我们一般的普通的个体是怎么生活的，其所思所想是怎么样的，史家却鲜有关注。20世纪70年代，湖北云梦睡虎地秦墓被发掘，尤其是十一号墓出土的一千余枚秦简，让我们窥见了一个名为"喜"的体制内小吏的家庭、思想行状，为我们提供了"早期中国"基层公职人员的样貌。一个爱写日记，虽普通但仍将自己的生活、工作情况记录下来的人，会是怎样性情的人呢？这是我读了关于睡虎地秦简书籍后的一个疑问。我想他首先会是个自我意识较强，保持起码自尊的人吧。一个浑浑噩噩、当一天和尚撞一天钟的人肯定不会有这样的行为。《喜——一个秦吏和他的世界》一书中写道："喜很可能是中国历史上较早拥有'个人意识'的普通人之一。他给自己撰写了一份年谱，并将之与关于'国家大事'的记载编在一起，形成后来被称为《编年记》或《叶书》的文献。""无论如何，他很可能是一个有着清醒自觉意识的人，想方设法把自己在这个世界上生存过的痕迹留存下来，试图向幽冥的过去和晦暗的未来证明自己的存在。"

喜出生于秦昭王四十五年十二月甲午鸡鸣之时（「昭王」卌五年，……十二月甲午鸡鸣时，喜产）。鸡鸣之时为丑时，也就是凌晨一点至三点间，他比秦王政（秦始皇）大三岁。两年后（秦昭王四十七年），他有了一个弟弟，"敢"；又过了九年，秦昭王五十六年，他又添了一个弟弟，"遫"。二十七岁时（秦王政十一年），喜有了第一个儿子，"获"；七年后，秦王政十八年，他有了另一个儿子，"恢"；又过了九年，秦始皇二十七年，他有了一个女儿，"穿耳"。喜的父亲死于秦王政十六年七月十一日，母亲死于四年之后（秦王政二十年七月一日）。十年之后，喜自己也死了。

这就是喜作为自然人的一生。喜这个普通人，也曾与吾辈一样，一定有过父母双全、兄弟友爱、膝下承欢的"恺悌"和乐。喜作为秦治下子民，也曾一睹龙颜，《编年记》(《叶书》)记载，秦始皇二十八年，也就是他女儿"穿耳"出生第二年，他记下了"今（上）过安陆"。我一直认为数千年前的这个小吏是个

在沉思的边缘

"本分人",他没有像刘邦当年初视秦始皇巡游时的盛大场面,发出"大丈夫当如是"和项羽发出的"彼可取而代之"的冲天豪情。他够平淡、够冷静,或许他只想度过自己这平平淡淡、从从容容的一生。

喜死后七年,求仙问道、希冀长生不老的秦始皇也死了,二世胡亥继位,那一年,穿耳十一岁。后面的陈胜、吴广揭竿而起,刘邦、项羽等蜂拥举事的故事已是人人皆知了。在那个纷争动乱的年代,喜的家人是幸运的,从简牍中可以读出,他的三个子女还算较安稳地度过了那段艰难岁月,成为大汉的臣民。

喜作为一个最基层公职小吏的经历:从秦王政三年(公元前244年)成为"史"(从事文书事务的小吏)开始。次年成为安陆县(现在的湖北省云梦安陆一带)的"□(御?)史",六年成为安陆县"令史"(县令的属吏,掌管文书等),七年调任鄢县(现在的湖北省宜城南)"令史"。五年后,在鄢县担任"治狱"(处理法律案件)的职务。此后没有喜作为地方官的经历记录。

喜应该是一个有敬业精神的人。喜墓所出秦简《封诊式》第一条题为"治狱",讲述审理案件的基本原则:要善于利用各种记录(能以书),从口供中追踪线索(从迹其言);不用拷打而察知涉案之人与案情,是为上策;刑讯乃下策,它可能造成错案发生(有恐为败)。喜是否会将这些职业要求记在心中并在他的具体工作中予以践行呢?从他将《封诊式》带入墓中,可以窥见他对于自己职业起码的尊重和认真吧。《封诊式》还记述了"讯狱""有鞫""封守""覆"这四个审理案件的步骤或环节。如"讯狱"是讯问案情,要让原被告、证人充分地陈述其意见(各展其辞)。全面听取其各自的表达,并予以记录(必先尽听其言而书之)等。虽然有些程序、规定当时未必做得到,也未必符合现代法治精神,但是也能够让我们知道了,秦代法律具有严格性和实用性,秦朝是一个"以法治国"的朝代。

"秦法治主义的转换点即昭王四十九年(公元前258年),正值墓主喜出生四年后。然而法治主义的转换属于统治理念上的事,要在现实中按照这一理念实施政策,必然就需要一定的时间。当时,尽管有郡守的命令,官吏们面对原有习俗根深蒂固的社会,在乡俗面前束手无策,法律的实施被歪曲,或被公然无视。《语书》(喜墓秦简内容之一)斥责乡俗为'恶俗',其口气听起来有点刺耳,这意味着秦法在占领区很难贯彻。在睡虎地秦简中,宽容基层社会习俗的具有柔韧性的法治主义和追求一元化统治的严格的法治主义并存,这反映出秦法治主义的过渡性。"(《睡虎地秦简所见秦代国家和社会》)这话讲得很有道理,在早期中国,所谓"习俗"仍具有强大的民间生存力量,它们造成了与当时法治的较力,有些习俗及至今日也仍见踪影,它们与现代文明、现代法治精神的拉锯战不知其几。

在喜墓出土的秦简中,还有一则重要材料,叫《为吏之道》。

发现于喜的腹下，由五十一支竹简组成，其中有"凡为吏之道，必精絜（洁）正直，慎谨坚固，审悉毋（无）私，微密纖（纤）察，安静毋苛，审当赏罚。严刚毋暴，廉而毋刖，毋复期胜，毋以忿怒夬。宽俗（容）忠信，和平毋怨，悔过勿重。兹（慈）下勿陵，敬上勿犯，听间（谏）勿塞"。《为吏之道》后半部还有这样的话："临材（财）见利，不取句（苟）富；临难见死，不取句（苟）免。欲富大（太）甚，贫不可得；欲贵大（太）甚，贱不可得。毋喜富，毋恶贫，正行脩（修）身，过（祸）去福存。"这些话不用翻译也十分易解。喜这位基层小吏是把此"道"作为自己的为人、为吏操守的，否则他不会将此带入墓中的，他一定很重视这样的境界修为，他是一个有精神追求的人。

或为刍荛，亦必自珍；身虽微小，岂可自辱！感激这样的发掘，它让我们看到了早期中国、中华初始文明精神刻在一个基层小吏身上的印迹，它似乎也在昭示着这样的真理：每一个微弱之光的集聚，足以照亮整个夜空，指引我们的未来！

2024 年

那时芬芳

报社工作记忆二三事

突然得知"包头日报社"要与"包头广播电视台"合并，组建一新的单位——"包头融媒体中心"，内心就生出了些许波动，许多记忆影像层层浮起。

1996年5月3日中午，包头发生6.4级大地震。当天下午，我被派至已搬到办公楼外、临时搭建的帐篷里办公的市委、市政府处采访，第一时间报道了地震情况。在随后的时间里，我采写了《杜鹃啼血报平安——全市政法系统抗震救灾纪实》的万余字长篇稿件，并在《法制日报》节选登载。该文获当年"包头市抗震救灾好新闻一等奖"，我并于1997年获评包头市首届十佳记者。在那个非常时刻，我与同时期的新闻工作者见证了相帮互助、勠力同心的人性美好！

感动，因为那些真诚的平凡群体

1990年冬日，天寒地冻。天不亮，我骑自行车来到汽车公司四队（现在叫公交集团）采访，这是我来报社工作后的第一次独立采访。进了院,就见司机用开水为汽车解冻,白汽蒸腾。一会儿,售票员也来了,六点钟汽车开出。那时人少,售票员对我讲,每天凌晨四点多,她丈夫骑自行车送她上班,说这话时,我看到她眼里闪着幸福的光,想象着那自行车后座上的小小温馨。这篇题为《车队之晨》的小文被收入我的文集《一个人的时代》。其缘由,一是这是我在包头日报社的第一次独立采访;二是我被普通人的情感所感动。那也是我第一次的自我发现:普通人的真情像泥土、像溪流,质朴又简单!

"并不是每一次灾难的降临都会有征兆,除了零下25度的低温让人们觉出这个冬天的格外寒冷外,2002年12月23日是个让包钢人难以忘记的日子。"这是我当年采写的"挽狂澜于既倒——包钢'12.23'特大灾难抢险纪实"一文中的开篇之语。

当日17时55分,"为包钢提供电力和高压蒸汽的包头一电厂3号锅炉下降管与连接箱接口处突发爆裂,震天的爆炸声和着高压蒸汽喷出时的尖啸声响彻包钢厂区"。为了讲清楚这巨大灾难的起因和即将造成的严重后果,我在当时的采访中,让包钢总调度室技术人员提供了工艺流程草图。限于篇幅,简述如下:从一电厂供出的高压蒸汽经包钢热电厂鼓风车间的四台鼓风机送向炼铁厂的四座高炉,高炉不仅生产铁,而且生产煤气。煤气既提供于工业生产,也为昆区近10万户居民生活之用。当时造成的停产还仅为可见情况,输汽管网泄漏所致的煤气管网的气压在急剧下降，若下降到低于管网外的大气压力，空气就会进入，且不说整个厂区，就是哪一个漏点上遇到哪怕一个火星，都会产生连锁大爆炸。

我当时任职包头日报社新闻采编部主任，也看到了几则报道，但大多未讲清楚事件成因和救灾抢险全貌，于是我带领四名记者开展了数日深度采访，并发表了四篇连续报道。现在想来最受感动的还是广大包钢普通平凡的工人群体，即如当年的一位包钢领导眼含泪光地对记者说："我们有多么可爱的伟大工人呀。"当年的通讯条件不比如今，刚刚下班回家和正在下班路上的工人们，听到巨大的爆炸声响，得知包钢出事的消息，都自发地赶往工厂，第一时间投入抢险工作中。在采访现场，一名工人对记者说："我们几代人都在包钢工作，包钢就是我们的家呀。"

我在文中提到了热电厂运行丁班班长尹相军，鼓风机值班司机蒋裕斌、苗长海、杨保忠、左久凌，鼓风车间主任李永强，电气车间王海波、张杰、邓积凡，锅炉车间主任武玉斌、杨春库、郭永、戴东、张景生，汽机车间刁晓民、杨根平、陈宏伟、李玉斌等，在那个零下 25 度的深冬，这些平凡的英雄群体，铸就了我们这座城市最温暖的感动！平凡的感动发乎内心、平凡的温暖最值珍惜！

在沉思的边缘

反思，为那些或许可以避免的不幸

1992年至1996年，我担任当时报社政文部法制记者。1995年5月份，我在乘坐公交车上班途中，听广播得知一公交车司机将公交车售票员撞倒，导致其身亡。当时就开始关注此事。当年5月30日，市交警支队召开新闻发布会，公布了事件经过和对公交司机予以刑事处罚的决定。在前期采访的基础上，我对此事件又进行了更深入的采访了解。事情简要经过如下：1995年5月3日早，公交公司十路车在运送早晨上班人们的路上，车辆抛锚停驶。该车女售票员，一个爱笑的孙姓姑娘站在路中间拦截后面车辆，欲将下车的乘客尽快转运，以不影响乘客上班。但后来的公交车司机并未及时停车，而是欲绕开堵路的售票员乘客，结果孙姓售票员未及躲避，被疾驶的汽车撞倒，并最终在送医途中去世。在后来的采访了解中得知，由于当时对公交司机有不能超时、人员不能超载等考核，且这些考核与工资、奖金等挂钩，所以后车司机不愿施以援手，导致悲剧发生。我采写的新闻特写《一个迟开的现场会》，对事件的经过及形成此悲剧的深层原因等予以全面分析报道，该文在公交公司和社会上引起很大反响，并获当年度自治区好新闻一等奖。现在想来，此事件的反面意义仍值记取：在制度与人性、情感与利益间，我们的选择真的会那么难吗？

担任法制记者期间，我采写了多篇大要案的报道，比如"7.14

农行抢劫案"等。但我印象最深的是一起本不应发生的杀人案。在施"暴"者将于第二日被执行死刑时，我与其进行了面对面的谈话。之所以将"暴"字加了引号，是因为面前这位弱小女子实在与想象中的暴徒不一致。事情简要经过是，当年这位弱小女子被人诱骗遭强暴，她本想将内心的屈辱向其信任的姐姐倾诉，但未得到重视。她只得远离故土，嫁给了中原某地一农民，并生育了两个孩子。但贫穷和压抑让其内心愈感憋屈，她选择带着两个尚幼的孩子又回到了家乡，但此时她的生母已另嫁了他人，并生育了一子。一日傍晚时分，她与这个同母异父的弟弟在街坊里遛弯，她问弟弟："爸爸好还是妈妈好？"弟弟答道："咱爸好。"她说："还是妈妈好。"于是掐住弟弟的喉咙又问了同样问题，弟弟仍坚持说"爸爸好"，她越掐越用力，渐渐弟弟失去了呼吸。当时公安部门在侦破此案时，颇费了些周折，因为无法确认这孩子的死因，寻仇？谋财？因情？多方调查，似乎都不沾边。最终有街坊邻居指称，最后只看见此女子带着弟弟遛弯，才经过认真甄别发现了此女子诸多疑点，最终破案。在与她做生命结束的最后交谈时，该女子表达了深深的悔意和对其两个年幼孩子的眷恋不舍。之所以二十多年后，仍对此案记忆深刻，是因为我一直在想，此女子的行为固然可恶，但我们是不是也应思索：我们对这样的群体是不是也应该给予应有的关心关注呢？创造温暖良好的群体生存环境，我们是不是应该更加努力呢？

值得被记录的采访、文章、事件有很多,现在看已成为昨日历史。但这样的历史积淀不时会呈现于你的思考、认知、言行甚至面容!这样的历史积淀或许有失误,但绝不应浅薄!

变革,唯创新方可"绝处"逢生

2009年,当时的市委领导对报纸呆板的排版、形式化的行文、僵化的表达提出批评,与南方一些地区的报纸存在明显差距,改版工作迫在眉睫。这也是我任职分管报纸业务副总编以来的艰难时刻!

我们先是到长三角的徐州日报、嘉兴日报、苏州日报学习,并和他们一起上夜班,看夜班编辑如何处理图片、设计版式,他们不拘一格、严谨活跃的工作态度和理念给我留下深刻印象,尽管后来我从事过很多其他职业,但当年感受过的那种工作氛围时时浮现于脑海。回来后,报社的主要领导与我谈了很多,根本就一条,让我负责报纸的全面改版工作。几十年来,报纸的八个版面由三四个副总编辑负责,每个人的不同办报理念反馈到不同版面,结果就是一张报纸的不同版面,"长相"完全不同。一个人全面负责,有利于报纸的风格统一,但压力也非常大。

推辞只能是暂时,接受已别无选择。欲立先破,一切推倒重来。重设内部机构、重置队伍人员;设立考核指标,按稿件质量打分计酬；订立版式规范，重置报头字体；改变传统的"五个W"书写方式，重塑将重点置于导语的全新表达……没日没夜的努力，终于到了将成品交予读者观瞻检阅的时刻！2009年11月8日，记者节当天，全新式样的《包头日报》与读者见面。有反对的声音，认为几十年传统式样的报纸变化太大了，这是改革？有赞同的声音，过去曾任报社副总编辑的同志，给报社写来热情洋溢的长信，对报纸的改革改变给予高度肯定。任何的改革都要经历别人的评点，这是必须具备的精神警醒和应有的承受力！最终，我们得到的是上上下下的赞誉，转年，报纸改版的社会效益也带来了丰厚的经济效益，几十年来，党报的广告收入第一次过千万！更为荣光的是，我还受邀赴外地报纸讲授、现场指导改版工作！

2010年，我为《包头日报》新年特刊撰写了题为《总是相信：也许还会有一种可能》的寄语文章。"总是相信：也许还会有一种可能，价值可以重新树立、尊严与幸福同解、公正如阳光护佑，那些最纯净的微笑如蓝天鸽哨久久回荡在城市的上空。因为有这样的相信，他们的脚步仍会在每一个纪年行走在楼宇街道、厂矿车间、阡陌田野，并最终汇聚成与城市一道成长的精神信念！"

这篇文章收录在《声音》文集里，如今读来，当时那种心境再次翻涌而起！尽管后来也经历过诸多艰难时刻，比如任制片人组织摄制电视连续剧《安居》等,但那段报纸改革改变也的确带给了我化不可能为可能的勇气和信心!

传统媒体的式微或许是因为技术进步和多样性的改变,有些东西不可抗拒。但精神和信念却是不可挪移的根本,真实和真诚注定会超越一切的形式,我始终坚信。

人文精神
——故乡记忆的识别密码

城市是什么？冷峻的定义是："具有一定人口规模，以非农业人口为主的居民点。"城市是什么？是"区域性的政治权力中心"、是"大规模聚集财富和大规模创造财富的机器"、是"一定区域内大规模聚集人口的人类聚落形式"、是"开放的、复杂的巨大工程系统"。也可以是 GDP 增长、经济梦想和各种行为理念实现的试验场。但无论有多少种概念定义，城市一定应该成为人类自由诗意栖居的幸福处所。

诗意栖居，一定要有独特的城市人文精神理念贯穿其中，就像大漠的粗犷、江南的婉约、黄土高原的倔强和珠三角的不羁求变。足步远涉，城市能够留给我们深刻印象的往往是其独特的地域文化、别致的人义精神，而非千篇一律的钢筋水泥丛林和冰冷的经济数字。

人文精神，是城市文明的核心、城市发展的支柱，是照耀城市发展的光芒，是一座城市弦歌不绝、生生不息、永葆生机的根与魂。文化是一方土地的血脉和灵魂。

文化是城市人文精神的核心底蕴和基础构成。不同地域的不同文化形成原因，都不会是单一和无缘由的。我们可以投入大量的资金刺激经济，并快速见到成效，但文化却绝对不可能一夜建成。如果说经济尚有投资、消费、出口三驾马车的手段驱动，文化的气候形成就绝离不开对渊薮的判断挖掘、对传承的认真探寻、对细节的悉心呵护、对价值的敬畏尊重。

在重庆市委宣传部和新华网重庆频道联办的《重庆人文精神四人谈》节目当中，嘉宾张鲁一言蔽之："重庆的人文精神就是重庆这一个地方的人怎样做人！"重庆的大水和大山、蜀道天难，造就了重庆人不怕吃苦、不畏艰险的精神。重庆有一个棒棒群体，在全国都很少见，这种劳动是最艰苦的劳动，"一根棒棒一根绳，一身精气神，挺起腰杆下苦力，人不矮几分"。这种艰苦环境下的乐观执拗，就体现了重庆人的坚忍不拔。

在关于深圳人文精神的讨论中，深圳人认为："人文精神，是城市文明的核心、城市发展的支柱，是照耀城市发展的光芒，是一座城市弦歌不绝、生生不息、永葆生机的根与魂。" 20 世纪 80 年代，改革开放之初，在没有任何现成经验的情况下，深圳人喊出"时间就是金钱、效率就是生命""空谈误国、实干兴邦"的口号，至今听来还是那么振聋发聩。这种敢闯敢试、敢为人先、革故鼎新的城市气质，点燃了一代又一代人的创业、创新激情，照亮了一批又一批开拓者的梦想之路。民本、敢闯、务实、创新、包容、竞争、求知、崇文、关爱、法治，都成为诠释这座城市人文精神的最佳注解。

"每一座城市都有自己的既有性格和历史渊源，我们不能因为虚荣心以及经济需求，便人为地去定义和创造一种城市文化。没有哪座文化名城是出自政府包办或者学术研究，即便有，那也是非常脆弱，非常缺乏生命力的。"高度的融合力、卓越的创造力、强大的竞争力、非凡的应变力；历史与现实的和谐统一、人和自然的和谐统一、永无屈服的坚强精神；时尚之都、浪漫之都、文化之都、服饰之都；干练、优雅、合作。这是学者对纽约、伦敦、巴黎、东京不同的人文精神的准确定位。

细致体会一座城市的地域经纬、历史渊薮、文化流传、现实方位，才能对这座城市的人文精神做出准确判断。

包头（确切地说应该是今天的东河区九江口一带）之所以在清末民初成为北方的皮毛集散地，与地域（在交通通信都极不发达的冷兵器时代，地域对文化的影响是巨大的）、政治环境、国力的衰弱都密不可分。"400毫米等降水量线"是中国地理学中一个非常重要的概念，包头正处于400毫米等降水量线偏北的地区，而这一地域是欧亚大陆干旱少雨、适宜牧业的地区，包头众多的文化遗存就都与游牧文明有关。而紧靠黄河，又使其深受农业文明的浸染。牧业地区要与农业地区进行物品交换，皮毛换盐铁茶，包头恰好处在这一位置上。游牧民族的粗犷豪放和传统自耕农的保守内敛多有交织。依笔者浅见，除却我们因地域原因所固有的草原文明外，近古至今包头的人文精神品质至少深受三个方面的影响，一是清末民初走西口山西人的影响，他们身上既有为生存、开辟新路所必需的坚韧顽强，又有为适应陌生环境的灵活变通，这样的品质在走西口后人们的身上仍然能感觉得到。二是中华人民共和国成立后，"一五"时期全国156个重点项目中的6个设在了包头，由此拉开了新包头的建设帷幕。大批来自全国各地的移民会聚包头，包钢、一机、二机在他们手中建成，包头的工业基础也由此奠定。移民文化的包容大度、产业工人的真诚朴实、工业文明的分工协作、国有企业的纪律严明，都成为包头这座新兴工业城市新的人文精神。三是改革开放至今的30多年时间里，包头作为中心城市的吸附作用日益显现，来自全国各地的投资者在包头这片热土上投资创业的同时，也把多元文化理念一道携来，使包头的人文精神更加充实丰满和富有时代特色。细心观察，市四区人们不同的口音方言，难论主流、风味各异、甜酸辣咸俱包的不同餐饮选择，都会为笔者的论断提供佐证。

笔者记忆里，过去我们曾以"艰苦奋斗、开拓创新、团结拼搏、争创一流"这16个字定义"包头精神"。当然，"精神"和"人文精神"在对个体定义时差距明显，但是若对一座城市做定义时，精神若离开了人文观照，就势必会变得绵软无骨。所以在当下文化包头的建设中，重新定义包头人文精神已变得十分重要。

在河北邯郸时，笔者在街旁偶然看到了这样的文字，"新时期邯郸人文修养——平和安静 谦和大度 博爱真诚 感恩包容"。这不落俗套的城市人文精神理念，让人记忆深刻。

城市人文精神属形而上（形而上谓"道"，"道"与"器"相对，是更高层次的智识领域）范畴，但它绝不是倏忽若云，飘忽若风，不可把握，它是一座城市过去、现在、未来存在发展的依凭和魂魄，是具化于每一个个体身上的身份识别和认同热爱，同时它注定会外化于一座城市的方方面面。美国社会学家安东尼·奥罗姆说："现代城市太偏爱'空间'，却漠视'地点'。"在他看来，地点是个正在消失的概念，但它担负着"定义我们生存状态"的使命。地点是人类活动最重要、最基本的发生地。"没有地点，人类就不存在。"

"当一位长辈说自个儿是北京人时，脑海里浮动的一定是由老胡同、四合院、五月槐花、前门吆喝、六必居酱菜、月盛斋羊肉、小肠陈卤煮、王致和臭豆腐……组合成的整套记忆。或者说，是京城喂养出的那套热气腾腾的生活体系和价值观。而今天，当一个青年自称北京人时，他指的一定是户籍和身份证，联想的也不外乎'房屋''产权''住址'等信息。"学者王开岭在其题为《每个故乡都在消失》的文章中，对此评说道："前者在深情地表白故乡和土壤，把身世和生涯溶化在了'北京'这一地点里。后者声称的乃制度身份、法定资格和证书持有权，不含感情元素和精神成分。""如果说在这个世界上，每个人都只能指认和珍藏一个故乡，且故乡信息又是各自独立、不可混淆的，那么，面对千篇一律、形同神似的一千个城市，我们还有使用'故乡'一词的勇气和依据吗？我们还有抒情的可能和心灵基础吗？"

去年岁末，《包头日报》"财经版"曾登载了一篇题为《高层建筑：城市既有格调的颠覆和抉择》的文章，文中引用了专家对城市高层建筑的一些建议，其中有这样的观点："高层建筑，是城市发展的必然。但在高层建筑的位置、高度、色彩、开发强度和体量等方面应有科学的规划，给今后包头市创造一个有序、合理、优美的城市天际线，继续保有包头人一直引以为傲的开阔、舒展、不压抑的城市格调。"做这样的回顾是想说，只有对城市内在文化和生生不息的人文精神有足够的尊重理解，才能创造出我们城市独具魅力的格调品质，才能对我们城市的软实力提升有所助益。

一座没有精神和文化的城市，是没有魅力和吸引力的；人文精神的腾扬，将最终决定一个城市的凝聚力、影响力和辐射力。

2013 年

后记

本书是对十年多时间所撰写文章的一个集纳总结。这十多年时间里，笔者在政府机关、事业单位、国企等不同单位的不同岗位，担任过不同职务。阳明先生诫示："人须在事上磨，方立得住；方能静亦定，动亦定。"显然距此要求尚差甚远，因为何其难定矣。到底还是修为不举。

过去出版过的两本书也多为随笔、政论、感悟、杂文类文章。其后的频繁调动，不同岗位工作，冗务缠身、人事纷杂，很难再有时间静下心来思考、读书。但这些职业经历，一定会让沉积变得更有价值，所谓"每一步都不会白费"，现在想来，最有价值的就是，学会了远离浅薄。

断续的学习思考，忙里偷闲的写作，积攒了这么些尚可寻见的作品，也算是对行将耳顺的一个交代吧。有个朋友看到我近年陆续发表于各类报刊的文章说："这才是你应该干的事。"看来我已被他人归类，不时有人会对我说："文化人云云……"我有一次反问某友人："什么是文化人？多读过几本书的人就叫文化人吗？"

如果远离了对常识、价值、情感、良知等的基本判断，深陷于人云亦云或只是对书本知识的死记硬背、对所谓专家的鹦鹉学舌，这样的文化注定是死水一潭，对活泼的心灵和生命毫无意义。

阳明先生讲："求诸心而不得，虽其言之，出于孔子，亦不敢以为是。所幸，吾可不言，所言尚能出自本心耳！"

因学识尚浅、思考不深，十多年前的作品尤甚，有些似是而非处，容留后来补疑。近年，除在外讲座（这也是因为看到一些短视频等实在是混淆视听，有辱先哲），很少与人争论什么，这倒不是因为"中人以上可以语上，中人以下不可语上"，或许是于此喧嚣之中，已难觅旧时"草草杯盘共笑语，昏昏灯火话平生"的氛围。

孔子说："古者言之不出，耻躬之不逮也。"又在司马牛问"仁"时讲道："为之难，言之得无讱乎？"

是为后记！